# この本が、世界に存在することに

角田光代

この本が、世界に存在することに

# 目次

# 旅する本

その本を売りに出したのは、十八歳のときだった。

実家を出て、東京でひとり暮らしをすることになっていた。六畳とトイレしかない、ちいさな部屋だった。実家から運びこんだもので部屋はさらにせまくなるし、飲み会や映画で仕送りはすぐに消えてしまうしで、本やレコードを全部うっぱらってしまうことにした。

学生街の、ひっそりとした古本屋に紙袋二つほどの本を持ちこんだ。値の張る貴重本は一冊もなく、漫画や小説ばかりだった。

銭湯の番頭さんが座るような高座に座った主人は、めがねをずりあげずりあげしながらそろばんをはじき、ある一冊でふと手を止めた。そして私をじろりとにらみ、

「あんたこれ売っちゃうの?」と訊いた。

意味がよくわからなかった。今は亡き作家の初版本でもないし、絶版になった本でもない。大型書店にいけば手にはいるような、それは翻訳小説だったのだ。

「え……価値があるんですか」

私は訊いた。その質問が、店の主人には気に入らなかったらしく、彼は大げさに首をふって私を見据え、

「あんたね、価値があるかどうかなんてのは、人に訊くことじゃないよ。自分で決めることだろう」と言う。

「そりゃそうでしょうけど……」私はむっとして言った。なんで本を売りにきて古本屋の老人に説教されなきゃなんないのか。

「ま、いいけどね」

老人はまたそろばんはじきに戻る。三千四百七十円、苦学生らしいからそれに免じて三千五百円。そろばんから顔を上げると、きっぱりした声で主人は言った。

そーんなに安いのかとびっくりした。だって、一冊一冊、高校生の私は身を切られるような思いで買い集めたものなのだ。服も化粧品も雑貨もケーキも、全部我慢して買った本だってあるのに、そんなに安くなっちゃうのか。古本屋って、もっと高く買ってくれるものだと思ってた。

私の考えを読んだかのように、

「どうする、やめる?」

主人は訊いた。

「いいえ、売ります」

私は答えた。三千五百円なら、今日のコンパ代くらいにはなるだろう。老人の差し出す紙幣と小銭を、私は重々しく受け取った。

「あんた、本当にいいの、これを売っちゃって」

店のガラス戸に手をかけた私に、老人がもう一度声をかけた。ふりむくと、さっきの翻訳小説をこちらに向けて持っている。

「なんでですか」

不安になって私は訊いた。

「いや、べつにいいんだ、売るなら売るで」

老人は言い、私の持ちこんだ本を重ねて抱え、奥へとひっこんでしまった。老人が座っていた場所にできた空白を、数秒のあいだ私はぼんやりと眺めた。

しばらくのあいだ、あの本を手放したことによって、何か不自由が生じるのではないかと不安だった。たとえば古本屋の店主が予言者か何かで、この本を手放すことによってあなたはとてつもない不幸に見舞われると、忠告してくれたのではないか、なんて思ったのだった。

けれどこれといって不都合は何もなかった。

日々はいつもとかわらずに過ぎていった。

私は授業に出、友達と飲み会をし、ちいさなアパートに帰ってきて眠った。本が手元にあったときと何ひとつ変わることはなかった。

やがて卒業するころには、手放してもいいのかと念押しされたことはおろか、古本屋に本を売ったこと自体、きれいさっぱり忘れていた。

卒業旅行で私はネパールにいった。本当は、友人たちとヨーロッパ周遊に出かけるはずだったのだが、所持金が心許なく、結局あきらめて、ヨーロッパ周遊よりは安いネパールへひとりでいくことにしたのだった。

ひとり旅ははじめてだったが、ものごとは思ったよりスムーズに進んだ。カトマンズで目玉の寺を見、死体を焼く寺を見、埃くさいカトマンズの町を歩きまわった。そこからバスに乗ってポカラへ移動した。ポカラではダムサイドに宿を取り、毎日ボートに乗ったり、自転車をこいだりして過ごした。全体的に暇だった。

珍しく雨が降ったその日、暇をもてあました私は、宿の近くにある古本屋へいった。全世界の旅行者たちが売っぱらっていった本が、狭い店内いっぱいに並べられている。言語別にもジャンル別にもなっておらず、ドイツ語の八十日間世界一周の隣には、イタリア語の分厚いペーパーバックがあり、その隣にはタイ料理の本があり、その隣にはロンリープラネットのチベット編があった。古本屋は暗く、ひんやりとしていた。奥に置かれたテーブルに、分厚いめがねをかけた老人がひっそりと座っており、自分の顔より大きな本を、指をなめなめめくっていた。

古本屋というのはどこの国でも何か似ているものなのだろうかと私は思った。ひっそりと音を吸いこむ本。古びた紙のにおい。本を通過していった無数の人の、ひそやかな息づかい。

日本語の本もときおり差し挟まれていた。英語のスティーブン・キングの隣に、表紙のぼろぼろになった安部公房があったり、漢字の読めない中国語の本の隣に、真新しい遠藤周作があったりした。

最初は、まったく整頓されていない本の配列に私はいらいらさせられたが、次第に背表紙の日本語だけが目に飛びこんでくるようになった。

開け放たれた店のドアから入りこむ、ひっきりなしの雨の音を聞きながら、私は日本語を捜して棚から棚へと視線をさまよわせる。

ふと見慣れた文字が目の端をとらえ私は立ち止まった。

それをつかまえようと、ゆっくりと目線を移す。ずらり並ぶ各国語のタイトルのなかに、今視界を横切った何かを捜す。

それはすぐに見つかった。

ロンリープラネットのメキシコ編と、フランス語版マザーグースの真ん中に、窮屈そうにその本はあった。私が大学に入った年に売ったのと同じ、翻訳小説だった。本当にこれを売っていいのと古本屋の主人に訊かれた、あの本だ。私は学生街のあの本屋のことを主人のはじくそろばんと、売っていいのかと訊くしわがれた声を、一瞬にして思い出した。

何が売っていいの、だ。ネパールの、ポカラの古本屋にもあるような本じゃないか。鼻で笑いながらその本を抜き出し、ぱらぱらとめくり、けれどいつのまにか笑いは消えていた。

本の一番最後のページ、物語が終わって奥付があり、めくるとほかの本の宣伝があり、そのあとに空白のページがある。空白のページに、Ｋの文字とちいさな花の絵が書いてある。シャープペンシルで引っ掻くように書いてある。

この本は、ほかのだれかが売ったものではなく、私が売った本であると、数秒後、私は認めた。
このアルファベットと花の絵は、高校生の私自身が描いたものだった。放課後のケーキを我慢してこの本を買った高校生の私は、友達に貸してと頼まれ、絶対返してね、大切な本なんだからねと言い、冗談交じりに自分のイニシャルと絵を描いたのだった。学生街の古本屋で売ったときはすっかり忘れていたが、高校生の記憶はポカラの古本屋で鮮明に思い出された。

どういうことなんだろう。だれかがあの店でこれを買い、わざわざ持参してネパールを旅したんだろうか。日本人旅行者が多く見受けられる町だから、あり得ないこともない。

私は抜き出した本をぱらぱらとめくった。

これを買うべきだろうか。それとも、ここに戻しておくべきだろうか。迷って、結局、買った。これも何かの縁なんだろうと思ったし、ぱらぱらとめくった感じでは、私はストーリーの大半を忘れていた。暇つぶしに読もうと思ったのだった。

壁と屋根があるだけの、屋台同然のお茶屋で、甘いミルクティを飲みながら私は自分の売った本を読んだ。実際ストーリーはほとんど忘れていた。というより、ものすごい思い違いをしていたことに気づかされた。

主人公の友達の妹だと思っていた女性は彼の恋人だったし、彼らはホテルを泊まり歩いているとなぜか思いこんでいたが、実際は、安アパートを借りて住んでいた。

しかも、おだやかな日常を綴った青春系の本だという印象を持っていたが、そうではなく、途中からいきなりミステリの要素をおびはじめ、緊迫した場面がいくつも続く。私は夢中で本を読んだ。記憶のなかのストーリーとの、間違い捜しに夢中になって。雨はなかなか降り止まなかった。店を手伝っているちいさな子どもが、私の広げた本の表紙をのぞき込んで肩をすくめる。雨の音が店じゅうを浸している。いつのまにか、活字の向こうに、高校生だった私が見え隠れする。ネパールという国の場所も、恋も知らないおさない私。

その本を、私はカトマンズでもう一度売った。

本当は、これも何かの縁だろうから持って帰るつもりだった。けれど荷物がどうにも重くて、ポカラで買った本と、古びたパーカと、ネパールのガイドブックを、路上で店を出しているバックパッカーに買ってもらった。世界放浪中らしい彼は、旅行者からなんでも買い、なんでも売っている。穴の空いた靴下も、色あせたトランクスも売っている。私の持ちこんだそれらも、彼は気やすく買ってくれた。それらを売った代金で、その夜私はビールを飲み、水牛の串焼きを食べた。ネパール最後の夜を祝した一人きりの晩餐だった。

帰り道、路上に品物を並べたバックパッカーが街灯に照らされていた。売り物のなかには私の本もあった。ドラえもん柄の腕時計の隣でひっそりと、だれかの手に取られるのを待っていた。

古本屋というのは、世界のどこにでもある。チェコにもあるし、イタリアにもある。モンゴルの古本屋は路上販売をし、ラオスの古本屋はお祭りの際に屋台を出店する。

そして三度目に私がその本にあったのは、アイルランドの学生街にある古本屋だった。その学生街に、私は仕事で立ち寄っていた。その町では毎年十月に、盛大な音楽フェスティバルが行われる。町の至るところでジャズやロックやクラシックが毎日演奏される。その取材のために私はその町に滞在していたのだった。

取材もほぼ終わりかけ、帰国日も迫ったその日の夕方、パブにいくつもりでホテルを出たのだが、目当てのパブはまだ閉まっていた。あと一時間ほど待たなければパブは開かない。時間つぶしに町をぶらついていた私は、ある書店の扉を開けた。

ふつうの本屋だとばかり思っていたのだが、ドアを開くと、古本屋の、あの独特のにおいがする。数日前の雨を残したような、静寂に活字が沈み込んだような、あのなじみ深いにおい。そうなのだ、古本屋は世界じゅうどこでもおんなじにおいがする。たとえそれが路上の店であっても。

時間をつぶすだけなのだから、普通の本屋でも古本屋でもかまわない。私はドアの内側にすっとからだをすべりこませ、店に充満するにおいを嗅ぎながら、ずらりと並ぶ本の背表紙を眺めて歩いた。

学生のとき自分が売って、ポカラで見つけ、カトマンズで再び売ったその本のことを、私はすっかり忘れていた。だから、見覚えのあるその背表紙を見たときも、何がなんだかわからなかった。ぽかんとそれを眺めて数秒後、この本を私はとてもよく知っていると気がついた。

けれどまさかおんなじ本であるはずがなかった。そんな偶然が続くわけはなかった。

それが私の売ったのと同じ本でないことを確認するためだけに、私はそれを本棚から抜き出した。私の本には、最後のページにいたずら書きがあるはずだった。イニシャルと、たしか花の絵だ。私はゆっくりと、奥付をめくり、宣伝をめくり、そしてそこに見つけてしまう。もうかすれかけたイニシャルと、花の絵を。

それは私が十八のときに売り、卒業旅行でまた売った、同じ本に間違いがなかった。

私はその本をレジに差し出した。その本を抱え、目当てのパブに向かって歩いた。パブはもう開いていたが、まだがら空きで、私はカウンターに腰かけてギネスを頼み、本を取り出してページを開いた。

現実味がまるでなかった。これは夢なのではなかったか。アイルランドも音楽祭も、取材も古本屋も全部、長い長い夢ではなかったか。

けれど運ばれてきたギネスはきちんとギネスのもったりとした味がしたし、煙草の先から手の甲に落ちた灰はきちんと熱かった。私はギネスを飲み、ちいさくかかるアイルランドの音楽を聴きながら、本をとばし読みした。

本はまたもや意味をかえているように思えた。サスペンスのように記憶していたが、そうではなく、日々の断片をつづった静かで平坦な物語だった。若い作者のどこか投げやりな言葉で書かれた物語のように記憶していたが、単語のひとつひとつが慎重に選び抜かれ、文章にはぎりぎりまでそぎ落とされた簡潔なうつくしさがあり、物語を読まずとも、言葉を目で追うだけでしっとりと心地よい気分になれた。

そうして私は、薄暗いパブの片隅で気づく。

かわっているのは本ではなくて、私自身なのだと。ケーキの代金を節約したむすめは、家を離れ、恋や愛を知り、その後に続くけっしてうつくしくはない顛末も知り、友達を失ったり、またあらたに得たり、かつて知っていたよりさらに深い絶望と、さらに果てのない希望を知り、うまくいかないものごとと折り合う術も身につけ、けれどどうしても克服できないものがあると日々確認し、そんなふうに、私の中身が少しずつ増えたり減ったりかたちをかえたりするたびに、向き合うこの本はがらりと意味をかえるのである。

売っていいの、とあのとき古本屋は私に訊いた。そう訊かれなければ、きっと私はネパールでもアイルランドでも、古本屋でこの本を見つけることはできなかっただろう。たしかにこの本は、売ってはいけない本だったのかもしれない。だって、ここまでついてくるのだもの。

どういうわけだか知らないが、この本は私といっしょに旅をしているらしい。また数年後、どこかの町の古本屋で私はまたこの本に出会い、性懲りもなく買うだろう。最後のページに書かれた印を確認し、そしてまた、お茶屋やパブで、ホテルの部屋や公園で、ページを開き文字を追い、そこでかわったりかわらなかったりする自分自身と出会うだろう。

アイルランドからの帰国途中に、ロンドンに寄ることになっている。そこで私はまた、売ってはいけないこの本を売ろうと思う。その思いつきは不思議なくらい私をわくわくさせる。今度はどこまで私を追いかけてくるか。そのとき私は、この本のなかにどんな自分を見いだすのか。

ギネスを飲み干し、グラスの内側に残る、影みたいな茶色い泡を眺めながら、本を閉じる。気がつけば店は徐々にこみはじめ、あちこちに見知らぬ人の交わす楽しげなおしゃべりが満ちていて、私は声を張り上げて、カウンターの奥にいる店主にギネスのお代わりを注文する。

だれか

そのとき私は二十四歳で、タイのちいさな島におり、マラリアにかかっていた。

私は恋人と旅をしていた。成田からバンコクへ、バンコクからアユタヤへ、アユタヤからチェンライへ、チェンライからホアヒンへ、ホアヒンから夜行列車でスラーターニーへ、そしてスラーターニーからボートに乗ってサムイ島へ、サムイ島からそのちいさな島にたどり着いた。成田を出てから一ヶ月が過ぎようとしていた。

このちいさな島で、私は突然発熱したのだった。

乾期の、くそ暑い日中、私はたった一枚ある毛布にくるまって、がたがたと震えた。熱があるみたい、と恋人に言うと、恋人はバンガローの主人のところに体温計を貸してもらいにいった。そのバンガローに体温計はなく、主人は隣のバンガローまで体温計を捜しにいったがそこにもなく、その隣にもなく、結局、主人は体温計捜しをあきらめて、私をジープに乗せて船着き場の医者のところに連れていった。

その島に病院はなかった。船着き場から坂をあがったところに、ちいさな無人の小屋があり、そこが診療所になっている。医者は大きな島から週に幾度か、この小屋にきて診察をおこなう。

その日は運良く医者のいる日だった。医者は私の血を抜き取り、それを大きな島に持っていって調べると言った。毛布をひっかぶって震える私はバンガローの主人に連れられ、また宿に戻ってきた。

毛布にくるまってがたがたと震えながら、私の数ミリリットルの血が船に乗って海を渡っていくさまを考えていた。

結果が戻ってくるのに三日を要した。三日後、前にあった医者がにこやかに私の宿を訪ねてきた。ハロウ、ユー、マラリア! と、医者はうれしそうに宣言した。バンガローの主人とその妻、その子どもたち、近所の食堂の女主人が、私の泊まっている部屋のテラスに集まり、医者の言葉を聞いて口々にマラリアとくりかえした。マラリアは、その島でもめずらしいようだった。うちのおばあちゃんが三十年前にかかったよ、うちのおじいちゃんは二十年くらい前にかかっていたよ、と、彼らの交わすおしゃべりを、英語のしゃべれる主人の息子がいちいち英訳してくれた。

医者の差し出す大きな錠剤を六粒、ぬるいコカ・コーラで飲み下した。オッケイノープロブレム、私がすべて飲み終えたのを確かめると、医者は言い、帰っていった。マラリア患者を見学にきていた人々も、それぞれの持ち場に戻るべく帰っていった。恋人は安心して、海に泳ぎにいった。

たったひとりになったとたん、私は勢いよく吐瀉し、吐きおわったとたんものすごい下痢に見舞われた。

その日から、私は寝込んだ。水さえも飲めば吐き下し、ふらついて立つことができない。一日じゅう、ベッドのなかにいた。

私の部屋の窓から海が見えた。波は穏やかで、海面は陽を映して鏡のように光り輝いている。トップレスで本を読む欧米人や、ビーチボールで遊ぶ島の子どもたちが、ちらちらと陽炎のなかに見えた。

一日じゅう寝ている私のために、恋人が何冊か文庫本を持ってきてくれた。宿泊しているバンガローの食堂に、旅行者たちが置いていった本が何冊も置いてある。たいがいが英語のガイドブックか、ペーパーバックのミステリ小説だったが、日本の本が数冊あった。

角川文庫や、講談社文庫。カバーはなく、茶色い表紙は黄ばんでいる。それはひどくなつかしい感じがした。古い友達に偶然出くわしたような。

バンガローにあった本は片岡義男と星新一と、村上龍だった。日本では手に取ったことのないそれらの本を、私は一日じゅう読んだ。読み飽きると本から目を上げて、窓の外のちらちら輝く海を見た。

本を開き、私は物語を読んでいるのではなく文字を見ていた。見知った言葉で描かれる、見知った場所で起こるできごとをつづる、五十音の文字。その文字がくっついたり離れたりする様を。意味を形成しようとする様を。

物語ではなく、文字を見ていると、だんだん、解読可能な見知った文字の合間から、知らないだれかが浮かび上がる。それは物語の登場人物ではなくて、この本を通過していった無数のだれかだった。

まず最初に思い浮かぶ、だれか、は、東京のだだっ広い大型書店で、あるいは長野の商店街にあるしょぼくれた本屋で、もしかしたら岐阜のしずまりかえった古本屋で、書棚をながめて歩いている。彼は、数週間の旅の友を捜している。片岡義男のコーナーで足を止め、一冊ずつ抜き取ってぱらぱらとめくり、うん、これだと思い、レジに向かう。千円札を用意しながら、彼の目はレジの光景ではなく、見たことのない南の島を思い描いているだろう。その島で、のんびりと寝そべり、ビールを飲みながらその本を開く自身の姿を思い描いているだろう。

なんで片岡義男なんだろう、と私は疑問に思いながら本から目を上げ、ちらちら光る海を見、揺れるタマリンドの木を見、それから天井に張り付いた、ゆるくまわるファンをぼんやり眺める。

片岡義男がどうこうではなくて、なんで彼は片岡義男を選んだのだろう。読みやすそうだと思ったのか。開いているところをだれかほかの日本人旅行者に見られても恥ずかしくないと思ったのか。あるいは、昔別れた恋人が、片岡義男を好んで読んでいたことを思い出したのか。

突然私の頭のなかで、そのだれかははっきりとした輪郭を持つ。

年の頃は二十七、八歳。高校時代、彼は片岡義男の愛読者だったのだろう。彼の描く世界にあこがれ、彼の描く主人公に共感し、主人公が吐くせりふにうっとりしたのだろう。けれど高校を出、育った家を出、働きはじめ、彼は片岡義男から徐々に遠ざかる。現実は片岡義男的ではないし、彼もまた、片岡義男の主人公でもない。部屋のなかにはコンビニ弁当の空き箱と、取り込んだままの洗濯ものが山を作り、片づけても片づけても、明日はまた空箱と洗濯ものを引き連れてやってくる。

本なんかもうとうに読まない。読む時間がないわけではないけれど、読んだからどうだってんだ、と彼は思う。

本を読んだからといって洗濯ものの山が自動的に片づくわけではない、栄養バランスのいい食事が目の前に並べられるわけでもない。仕事が減るわけでもないし、慢性的な寝不足が解消されるわけでもない。

今や彼が読むのは、惰性でとっている新聞と、電車の吊り広告と、だれかが読み捨てた週刊誌だけだ。それでなんにも支障はない。毎日はせわしなく彼を迎えにきて、手をふるまもなく背中を見せて消える。

二十五歳のとき、彼は恋をする。恋人はときおり彼のちいさなアパートにやってきて、吸い殻の山盛りになった灰皿をきれいにしたり、たまりにたまったゴミを捨てにいってくれたりする。ちいさな台所でこまごまとした料理を作り、彼は彼女と、テレビを見ながらその料理を食べる。結婚してもいいかな、と彼は思う。疲れて帰ってきたら、料理のにおいとともに彼女が笑顔で迎えてくれる、そんな生活ってのもいいかな、と思う。

けれど彼はふられてしまうのだ。おれのどこが悪かったのか教えてよ、と、彼は、最後の自尊心を守るべく、ぶっきらぼうに彼女に訊く。なんだかあなたって退屈なのよ、と彼女は言う。さようなら。

そしてまたひとりの生活が戻ってくる。生活はにこにこと彼の肩をたたき、台所をコンビニ弁当の空箱で埋め、トイレの床を陰毛だらけにし、洗濯ものの山を作る。

そんな生活のなか、彼の頭の片隅に、ある光景が浮かぶ。それはまるで遠い記憶のように淡く、けれど確固としてそこにある。

絵の具を溶いたような色の海と、風に揺れる椰子の木と、テラスにぶら下がったハンモックと。

南だ、南へいっちまおうと彼は思う。センチメンタル・ジャーニーである。仕事も辞めて、期間も決めず、世界を放浪してみよう、と。

けれど実際彼は夏休みに有給休暇をプラスした十日間の日程を組み、旅行代理店にチケットを買いにいく。旅に必要なものをリストアップして買い求め、そしてふと本屋に立ち寄る。

本屋には当然のことながら本があふれかえっている。何冊かの背表紙は、彼を拒否するように凛としている。平積みになった何冊かは、はっきりと彼に告げる、きみにはわかりっこないんだから手にとるだけ無駄だよ。けれどほかの何冊かは、友好的な手を差しのばしてくる。旅につれてって。ぼくらはびっくりするほど仲良くなれるかもしれないよ、と。けれどそうして手を差し出されると、彼が引いてしまう。本に対して彼はまったく保守的なのだ。差し出された手を握って、裏切られるのはまっぴらごめんだと思っている。

そして彼は文庫本のコーナーで、なつかしい背表紙に気がつく。ずらりと並ぶ赤い背表紙。その前に立ち、タイトルをしげしげと眺めていた高校生の自分。生活になれなれしく肩を組まれることもなく、意味不明な理由で恋人に去られた経験もなく、何かに強くあこがれて、そのあこがれの強度によって、あこがれに近づけると信じていたころの自分。

これだ、と彼は思う。何冊か手にとってレジに持っていく。レジスターにはじき出される数字を見ながら、けれど彼は違うところを見ている。澄んだ海と、雲のひとつもない高い空。ハンモックとサンオイルのにおい。

そのようにして片岡義男の文庫本はタイの島にやってきたに違いなかった。

帰り際、彼はナップザックに詰めていた片岡義男を、ふと思いついて取り出す。この島に置いていこうと思い立つ。フロントといっしょになった半屋外の食堂にきて、そこにある本棚に彼はそっと片岡義男を差し入れる。

明日からまた生活がまわりはじめる。けれどこの本はずっとここにある。その考えは彼を少し愉快な気持ちにさせる。仕事の合間、電話の鳴り響く広いフロアで、洗濯ものの山になったあの部屋で、タイのちいさな島の、海沿いのバンガローにある一冊の文庫本に彼は思いを馳せる。まるでもうひとりの自分が今もそこにいるような気分を、つかの間彼は味わう。

私が片岡義男の文庫本から読み取ったのは、そんな見知らぬ男の時間だった。

彼の分身としてここに置き去られた一冊は、以降、バンガローに宿泊した日本人たちに読み継がれていく。出てきたっきり二年も日本に帰っていない青年や、島の粗悪なドラッグ漬けでへろへろになった若者や、傷心のひとり旅の女の子が、本棚にある片岡義男をなにげなく手にとり、なんで片岡義男なんだろうと思いながらもページをめくり、いっとき、物語に没頭する。

彼が置いていった分身は、そのようにしてどこまでも広がっていく。


私は本を閉じ、窓から見える海を眺めた。

どこかの会社で、スーツを着て、ときおりタイの島に置いてきた文庫本を思い出す男も、よもや今、マラリアにかかって毎日吐き下している女がそれを読んでいるとは想像もしないだろうと私は思った。

海はちかちかと色を変える。銀や緑や、ブルーや白や、紫や黄色に。

開け放ったドアから、犬が入ってきて私の様子をうかがい、ベッドから垂らしたてのひらをぺろりとなめてまた日向へ出ていく。

あんた、調子どうよ、というようなことを言いながら、数軒先の食堂のおばさんが、ジャックフルーツを持ってきてくれる。

毎日海で遊ぶ恋人は、一日三回私の様子をみにきて、水だの食べものだののことを心配し、また海に遊びにいく。

何を食べても何を飲んでも、上か下から出してしまう私はみるみる痩せて、腰骨が浮き上がり、膝がとんがり、目玉ばかりがぎょろぎょろし出した。文庫本を持っているのもだるかったけれど、私はくりかえし片岡義男を開いた。

そうして、代わり映えのしない生活をまわしている男のことを考えるのだった。

病気がなおって東京に戻った私と、彼が、たとえば渋谷のスクランブル交差点なんかでふとすれ違うさまを、そっと空想してみたりするのだった。私たちはもちろんどちらも気づかない。ただすれ違う。

二週間ばかりのち、痩せこけた私は、それでもなんとか歩けるようになり、旅を再開した。旅しているうち、どんどん体重は増え、帰国日前日には、ほぼもとどおりの丸顔に戻っていた。

久しぶりに帰った東京は、あわただしく、人が多く、素っ気ない町で、百円だった缶ジュースが百十円になっていた。大勢の見知らぬ人とすれ違いながら私は家に戻り、そして片岡義男をあの島に持ちこんだ男のことなど、忘れていた。

それから気がつけば十年以上がたっている。あのときともに旅した恋人も、もはや恋人ではなく、百十円のジュースは百二十円になった。

私はときおり、仕事の合間や、酒を飲んだ帰り道などで、バンガローから見た景色を思い出すことがある。海が色を変え、ドアから犬がひょいと顔を出す。文庫本一冊でつながり得た見知らぬ男は、ときおり窓から、顔を出し私に手を振り、次の瞬間には消えているのだった。男が消えたあとにはただ、緑に光る午後の海だけが、窓の外に広がっている。

# 手紙

伊豆の河津の、その旅館に、本当はふたりでくるはずだった。

今年の夏は雨と曇りが多く、おまけに仕事も忙しくって、毎年いっている伊豆の海にいけなかった。ようやく残暑といえるほど暑くなった九月、仕事も一段落したものだから、私と恋人は夏休み奪還のつもりで、数日伊豆に宿泊することにしていた。

けれど私は今、ひとりで伊豆にいる。

旅の直前に、恋人と喧嘩をしたのだった。喧嘩のあげく、あんたと旅行になんかいけない、と捨てぜりふを残し、恋人は自分の家に帰っていった。

宿は予約してあった。下田で一泊、河津で一泊、熱川で一泊。その全部、ひとりで泊まってやろうと思った。

退屈だった。持ってきた文庫本は、昨日の下田で全部読んでしまった。

海の家はすべて解体され、泳ぐ人もいない九月の海を眺めながら、ビールを飲み、本を読んだ。眠たくなると部屋に戻って眠った。部屋にも波の音が聞こえてきた。しんしんとひとりだった。

河津の宿は、海から五キロほど入ったところにある。近所には、隅に漬けもの樽の置いてあるコンビニエンスストアと、商品すべてが埃をかぶった文房具屋、小学校と田んぼがある。少し歩くと神社があって、セメント工場がある。もっといくと健康ランドがある。そのすべてを私はまわった。コンビニで漬けもののにおいを嗅ぎ、文房具屋でメモ帳を買い、小学校で遊ぶ児童を眺め、ひっそりと森に埋もれたような神社に参拝し、セメント工場で働く男たちを眺め、健康ランドで湯に浸かった。

それでも時間はまだまだあった。

私は宿の部屋に戻り、川の流れる音を聞きながら見るともなくテレビを見、テレビ台についている引き出しを何気なく開けてみた。

カバーの掛けられた本が一冊、入っていた。どうせ聖書だろうと思いながら開いてみてぎょっとした。

それは聖書ではなかった。詩集だった。そしてその本を、私も持っていた。

リチャード・ブローティガンの詩集である。

だれかが忘れていったのか。掃除係の人たちに、気づいてもらえずずっとここにあったのか。

窓際の、向かい合わせに並んだ椅子のひとつに腰かけて、退屈しのぎに私はその本をぱらぱらとめくった。

その本をたしかに持っているはずなのに、私はそこに書かれた詩についてすっかり忘れていた。それはこんなふうにはじまる――


ぼくは旅がきらいだ。

日本ははるか遠くにある。

しかし、ぼくはいつの日か日本に行かなくてはならないだろうとさとったのだ。日本は、ぼくの魂をまだ行ったことのない場所へとひきつける磁石のようなものだった。

ある日、ぼくは飛行機に乗って太平洋を飛びこえた。これらの詩は、ぼくが飛行機からおりて日本の地面に足を踏み入れたその先に起こったことを書いたものだ。これらの詩には日付があり、一種の日記をかたちづくっている。

そう、それは、このアメリカの詩人がじっさい日本にきたときの、旅の記録を書いた詩集なのだった。短い滞在のうちに、詩人は日本という異国を見、東京を歩き、孤独を感じ、恋をし、東京を歩き、タクシーに乗り、そしてまた孤独を感じる。

私がこの詩集を買ったのは、十数年も前のこと、二十歳をいくつか過ぎたころだった。私はこの孤独な詩人に、自分自身を重ねていた。詩人の刹那な恋に、自分の恋を重ねていた。

けれど三十五を過ぎた今読んでみると、詩のなかの彼は、幼稚で、さびしがりで、自分で自ら張り巡らした柵の中に閉じこもり、ああ孤独だ、と言っているような印象を受けた。

たとえば——

話すこと

ぼくはこのバーにいるただひとりのアメリカ人
ほかの人はすべて日本人

（もっともである／東京だ）

ぼくは英語を話す
かれらは日本語を話す
　（あたりまえだ）

かれらは英語を話そうと努力する　むずかしいことだ
ぼくはまったく日本語が話せない　どうしようもない
ぼくたちはしばらくのあいだ話す　努力しながら

それからかれらは十分間のあいだ完全に日本語に
　きりかえる
かれらは笑う　かれらは本気になる
かれらは言葉と言葉のあいだに間をとる

ぼくはまたひとりぼっち　ぼくは前にもここにいた
日本でも、アメリカでも、すべての場所で
人が何について話しているのか
　理解できないときはいつも

そこで私はふと、本のなかに何か異物が混じっていることに気がついた。少し先のページをめくってみると、薄っぺらい封筒がさしこまれていた。

私はある興味を持ってその封筒をとりだし、本をかたわらに置いた。のり付けされていない封を開くと、便箋が入っている。私はそれを引き抜いた。

罪悪感はまるでなく、あるのはただ、好奇心と興味だけだった。だれかがだれかに宛てた手紙。そこには何が書かれているのか。

薄いブルーの便箋には、紺色のインクでびっしりと文字が書かれていた。宛名はない。季節の挨拶もない。前略もない。突然手紙ははじまっている。

なにか、かっこいいことを書こうと思ったんだけれど、無理みたいです。

と、はじまっている。文字から言って、女が書いたものらしい。私は続きを読んだ。

ありがとう。それがまず、思い浮かんだ言葉でした。
そんな、偽物っぽくて安っぽい言葉しか思い浮かばないのが、本当に残念です。
でも、それしか言えない。
この二年、あなたといっしょにいることができて、本当に私は楽しかった。しあわせという言葉を、ひとつひとつ現実の事象にしていったら、きっとそこにできあがるのは、私とあなたの送った日々なのではないかと思うほどです。

私は手紙から顔を上げた。顔がにやついているのがわかった。

これは女が、別れゆく男に宛てて書いた手紙だ。そんなものを見つけて、にやつかない人がいるだろうか。

しかし、しあわせという言葉を現実の事象にねえ……。こんなまわりくどいこと言ってるからふられたんじゃないの。そんな無責任なことを思ってみる。

この二年、つらいことがたくさんあった。母が死に、弟が事故を起こしました。私は一時期精神科に通わなければならなかったし、仕事も失いました。けれどそんななかで、笑いながら日々をやり過ごしてこられたのは、本当にあなたがいたからだと思います。

母が死んで弟が事故？　しかも自分は精神科？　ずいぶんヘビィな女だったんだ。

あなたといっしょにいることで、悲しいこともずいぶんありましたが、それでもやっぱり、このありがとうという言葉にはかないません。好きでいさせてくれて、ありがとう。

ちまちまと書き連ねられた文字から顔を上げ、私は窓の外に視線を移した。緑が生い茂っている。少し橙がかっている。そろそろ日が暮れようとしているんだろう。川の流れる音が聞こえる。

これから私たちは、まったく異なる道を歩いていくことになりましたが、それでもまたいつか、四つ辻でひょっこり出くわすように、あなたと会いたい。もし会うことがあったら、

そのときは、互いの不在の日々について、大人の言葉で語り
合えたらいいなと思います。

一枚目はそこで終わり。私は二枚目をめくる。二枚目の文字は、便箋の途中までしかない。

隣に犬が二匹いたこと。塀から腕をさしこんで、その犬の頭を競うようになでたこと。窓から新宿の夜景が見えたこと。喧嘩をしながら大掃除をしたこと。お魚屋さんで安いほっけを買ったこと。電子レンジで卵を爆発させたこと。階段の途中で、いつも息が切れたこと。

これから続く私たちの別々の日々のなかで、きっと、あなたも私も、幾度も思い出すことでしょう。それは果たして、うつくしい思い出なのかしら。そうではない何かなのかしら。前者であることを、祈っています。さようなら。バイバイ。

ソーロング。

そこで手紙は終わっていた。

襖がノックされ、私は飛び上がって驚く。はい、と答えた声はひっくり返っている。

そろそろと襖が開き、仲居さんが顔を出す。夕食の準備ができましたが、お運びしてもよろしいかしら、と言う。はい、はいと、どもりながら私は幾度もうなずいてみせる。

仲居さんが次々と料理を運びこむあいだ、私はこっそりと手紙を封筒にいれ、本に挟む。

ひょっとしてこの女、この手紙を書き終えて、死んだのではないか。そんなことを思っていた。死んだとしたら、どこで？　まさか、ここで？

いや、そんなことがあるはずがない。現実はそんなふうにドラマチックじゃない。

品数の多い料理を、一品ずつ仲居さんが説明していく。私はそれを上の空で聞いている。

先付けは鴨のパテ、鮭のゼリー寄せでございます。こちらがお刺身、本日は本まぐろとヒラメにカンパチでございます。

隣に犬が二匹いたこと。魚屋で安いほっけを買ったこと。仲居さんの声に、女の手紙の文字が重なる。

ではこちら、お鍋に火をつけさせていただきますね。五分ほどしたら沸騰しますので、そうしたらすぐお召し上がりいただけますのでね。

階段の途中でいつも息が切れたこと。電子レンジで卵を爆発させたこと。

「あの」

部屋から出ようとしていた仲居さんに私は声をかける。はい？　仲居さんはふりむく。

「あの、この部屋、危なくないですよね」

そんなこと言ったらおかしいと思われると頭では思っているのに、私は訊いている。案の定、仲居さんは怪訝そうな顔をして、はあ？　と訊きかえす。

「自殺とかのあった部屋じゃ、ないですよね」

しかし訊かずにはおられない。仲居さんがまじまじと私を見ているので、あわてて付け足す。

「いや、あの、そういうテレビをついさっき見たもので」

それを聞いて仲居さんは笑う。

「そんなことあるわけないじゃないですか。何かお気に障ることがおありでしたら、お部屋べつのところにいたしましょうか？」

いいえ結構です、私も曖昧に笑い、仲居さんが襖を閉めるのをじっと見守る。

静まりかえった部屋で、私はひとり、品数の多い夕食を食べはじめる。カンパチやボタン鍋や山菜の天麩羅や地鶏の塩焼きや。

死んでるわけがないじゃん。私は思いながらゼリー寄せを頬張る。そんな、男と別れるくらいで、死ぬわけない。

それにだいたい、ちっぽけな思い出しかないじゃないの。犬の頭をなでたこと？　電子レンジで卵爆発？　買いものは安いほっけ？　そんな思い出しかない男と別れるのに、死のうなんてするはずがない。


まぐろもカンパチもおいしかった。ボタン鍋ははじめて食べたけれど、思ったより全然さっぱりしていた。つけておいてもらったぬる燗をちびちびやりながら、私は猛然と食べ続ける。山菜の天麩羅がまたいい。しゃっきりと歯ごたえが残っていて、かすかな甘みがある。そうだ、この宿は食事がおいしいから予約したのだ。食事のおいしい宿を私がわざわざ調べたのだ。インターネットで宿のメニユウを見て、お、いいねいいねと、恋人と言い合ったのだ。

インターネットで旅館を予約したこと。喧嘩して、ひとりで宿に泊まったこと。

いつのまにか、手紙の女の口調が移っている。

「ばからしい」私は声に出してつぶやき、ぬる燗を飲み干し、手酌する。

夏の海辺で毎年花火をしていたこと。小銭がなくて一本の缶コーヒーを分け合って飲んだこと。

やばい。女の文体が移ってしまった。

冬の寒い日、ラーメン屋の行列に並んだこと。石焼き芋の声を追って町内を走りまわったこと。

ここへいっしょにくるはずだった恋人との日々を、気がつけば私は女の文体でくりかえしていて、そうしてふっと、色鮮やかに浮かぶ過去の私たちのように、見ず知らずの女とその恋人の日々の断片がひらひらと浮かび上がって、実際の記憶に混じる。塀から手を差し入れて犬の頭をなで、月を見上げ、かじかんだ手をつなぎあって、卵爆弾に笑い転げる彼と彼女。

彼女と私と、彼と私の恋人の、ちっぽけな思い出がからまりあって、どちらがどちらかもう判断がつかなくなる。卵を爆発させたのは私と恋人のような気もするし、一本の缶コーヒーを分け合って飲んだのは手紙の女とその恋人のような気もしてくる。

さようなら。バイバイ。ソーロング。

女の手紙の最後の文句を、天麩羅の油でべたついた口で私はくりかえす。

きっと女はこの手紙をここで書き連ねたんだろう。やっぱり彼女も、男とくるはずだったのかもしれない。けれど予約した日にちより別れるときが先回りしてしまった。

やっぱりこうやって、部屋でひとり、川の音を聞きながら、窓の外の鬱蒼とした緑が徐々に闇に埋もれていくのを眺めながら、天麩羅や地鶏をひっそりと咀嚼して、もう二度と会わないだろう男のことをぼんやり思い、そうして猛然と腹がたってきたのではないか。

腹がたって、女は便箋に書きつづる。けれど思い浮かぶ怒りの言葉は、便箋の上でいつのまにか感謝の言葉になっている。あれだけ大事に抱えていた思い出は、言葉にして書き連ねると、なんて生活臭あふれるみみっちさなのかと呆れてしまう。

書き終えた特別なはずの手紙は、どこにでもいる女がどこにでもいる恋人に宛てたような、陳腐な言葉の羅列になっている。手紙を読み返すと、腹だたしさは消え失せて、ただなんとなく、ひっそりと笑ってしまうような滑稽さがそこにあるきりだ。女は手紙を本に挟んで、明日の朝まで読み返すまいと決意して引き出しにしまう。

いつのまにか、私の頭のなかで、手紙を書き連ねる女は私自身になっている。忘れているだけで、本当に私だったのではないか。今家に帰ったら、本棚にあるはずのブローティガンはないんじゃないか。私はここでブローティガンを読み、東京をさまよう詩人に自分を重ね、さみしい彼の恋に自分のそれを重ね、別れていく恋人に宛てて、滑稽にしかならない言葉の羅列を書きつづったのではないか、十数年前のあるとき——。


満腹になった腹をさすりながら、私は風呂にはいる。露天風呂にも大浴場にもひとけはない。東京より色の濃い夜空に、くっきりと星がはめこまれている。

風呂から上がり、静まりかえったフロントで、私は恋人に電話をかける。私たちの喧嘩がそう深刻なものではないことを知るために、わざとくだらない話題ばかりを口にする。ああ、地鶏おいしかった、カンパチおいしかった、ごはんは舞茸の炊き込みでね、切れ目なくしゃべると、喧嘩などしなかったかのような口ぶりで、へえ、いいな、おれも食いたかったな、などと恋人は言う。おまえがいかないって言ったんじゃないかよ、喉元までせり上がったせりふを私はぐっとのみこみ笑顔を作る。明日、熱川くればいいじゃん。

間に合うかな、と受話器の向こうで恋人は言う。何に何が間に合うのか――きっとたいした意味はなく、電車のチケットが当日でも間に合うかとか、宿の食事の用意が間に合うかとか、そんなことを彼は言っているんだろうと思いながら、間に合うよと、やけに強い口調で私は答えている。

じゃあ明日。電話線を通って恋人の声が耳に届く。

うん、明日。私は言う。


ひとりぶん敷かれた布団にもぐりこみ、天井を見上げ、私はひとつの詩を口のなかでくりかえす。二十数歳のとき、くりかえし読んで覚えたブローティガンの詩。偶然だけれど、女の手紙はこの詩のページに挟まれていた。

明治神宮のコメディアン

――シイナ・タカコに

明治神宮は日本のもっとも有名な神社だ。
そこには明治天皇とその配偶者昭憲皇太后が
まつられている。一七五エーカーを占める
敷地には庭園、博物館、競技場がある。

明治神宮は閉まっていた
ぼくたちは夜が明ける前に忍びこんだ
石の塀をよじのぼって中に落ちたのだ
酔っぱらってコメディアンみたいになった
ぼくたちの姿はこっけいだった
警官にみつかって連行されたりしなかったのは
　運がよかった
中は美しかった　光がさしてくるまで
木と茂みのあいだをフラフラ歩きまわった

ぼくたちはほんとうにこっけいだった　それから
小さな牧場のような、やさしい緑の草たち
その上によこになって手足をのばした
　　草が体にふれるのが気持ちよかった
ぼくは彼女の胸に手をやり　キスをした
彼女がキスを返して　ぼくたちの愛の
行為はそこまで　それより先には進まなかった
明治天皇と
かれの配偶者昭憲皇太后が
ぼくたちのちかくのどこかにいた
明治神宮の朝の光の中では、それで十分だった手紙を書いたあなた、今はどこで何をしていますか？

おかあさんが死んで弟が事故って、精神科にいくほど参っちゃって、男とも別れ、それで今、どんなふうに暮らしていますか？

きっとまた、ちっぽけな思い出を重ねているんでしょう。オムレツ作りに失敗したり、近所ののら猫を飼いならしたり、釣り堀で釣る鯉の数を競ったり、お魚屋さんで安い鯖を買ったりして……そうであることを祈っています。

それではまたね。さようなら、バイバイ、ソーロング。私によく似た見知らぬ女に、そっとつぶやき目を閉じる。

# 彼と私の本棚

これはひどく厄介だ、と、本棚の前で私は気づいた。電化製品やCDや食品の在庫なんかは、ちっともてまどらなかった。家賃振り込みの通帳に残ったお金や、戻ってくる敷金の処理ですらも、さくさくと片づいた。それで錯覚していた。ハナケンと別れることは、それらの分配となんら変わるところなくかんたんなものだと。

でも、やらなきゃしかたがない。真ん中の段に手をのばし、片手でつかめるだけの本を取り出して床に置いていく。本がだいぶ積み上がったところで床に座り、一冊ずつ本を手に取る。これはハナケン。これは私。これも私。私のぶんは組み立てた段ボールに入れ、ハナケンのは棚に戻す。積んだ本の一番上を手にし、その下の一冊もとり、二冊を膝の上に置く。まじまじと見る。まったく同じ本が二冊。汚れ具合も同程度。マンシェット著『殺戮の天使』というその本を、私は日にかざすようにして見比べる。

馬鹿らしいなあ、と我ながら思う。同じ本で、同じくらい傷んでいるのだったら、どっちがどっちでもいいじゃないか。あるいはいっそのこと捨ててしまったってかまわない。とくに思い入れがある本ではないし、読み返す可能性はかぎりなく低い。そう思うのだが、しかし、じゃあと適当に一冊選ぶことができない。

私が持ちこんだものは私が持ち去りたいし、ハナケンが持ちこんだものはハナケンに持っていってほしいのだ。

しかし——床に正座したまま、天井まである本棚を見上げる。これら全部、そんなふうに区別していったら、引っ越しなんて来年になってしまうんじゃないだろうか。なってしまったってかまわないいや、炭酸の泡みたいにわきあがるかすかな思いには、気づかないふりをする。『殺戮の天使』はわきへよけ、またあらたに片手で持てるだけ本を抜き出し山を作る。この部屋に最初からついていた古いエアコンの音が、急に大きく感じられる。遠くを飛んでいく飛行機のような音だ。

ハナケンと会ったのは五年前だ。短期のアルバイトがいっしょだった。お歳暮を住所ごとに仕分けるアルバイトだったから、冬だったんだろう。

大勢いたアルバイトのなかで、煙草を吸う人は四人しかいなかった。ゴールデンウィークに家族でハワイにいくんだと話していた主婦と、絶対に人としゃべろうとしない年齢不詳の男の人と、ハナケンと私。

喫煙場所は裏口を出たところにあった。駐車場に続くアスファルトにぽつんと灰皿が置いてあるだけ。休憩時間になると、この四人でいつも顔を合わせることになった。そうだ、たしかに冬だった。囲いのないその喫煙所に集まる私たちは、いつもわざわざコートを着こんでいたから。

たいてい主婦がべらべらしゃべり、私とハナケンが聞き役だった。年齢不詳の男は少し離れたところでいつもそっぽを向いていた。十分の休憩にみな二本ずつ煙草を吸った。その主婦が途方もなくおしゃべりだったせいで、私とハナケンのあいだに親近感みたいなものが生まれた。短期アルバイトの最後の日、もらったお給料をそのまま持ってふたりで飲みにいった。

一軒目――バイト先に近い焼鳥屋――は、給料袋からハナケンが支払った。二軒目――新宿のバー――は同じ給料袋から私が支払った。三軒目――大久保の韓国料理屋――はハナケン、四軒目――韓国料理屋から三分ほど歩いた場所にあったラブホテル――は、それぞれの給料袋から同じだけ出して支払った。

あれだけ汗水流して働いたのに、一日でこんなに減った、と、残り少ない中身を出してハナケンは笑い、ほんとうだね、と私も笑った。次の朝近くの喫茶店にいき、少ない残金でモーニングを食べた。

二週間働いた賃金が本当にその夜目減りしてしまったので、これじゃなんのために働いたのかわからない、と帰り道私は思い、なんのために、って、ひょっとしてあの男の子に会うためだったのかも、なんて思ったりした。お金を稼ぐためではなくて、あの子に会うためにアルバイトに申しこんだのかもしれない。そんなロマンチックなことをごくふつうに思いつくような年齢だった。私は二十二歳で、ハナケンは二十一、まだ学生だった。

ハナケンを自分のアパートに呼んだのはその二カ月後で、部屋にあがったハナケンはまず本棚に近づいて、うわ、と声を出した。なになに？とのぞきこむと、自分ちの本棚みたい、とつぶやいた。

実際、ハナケンのアパートの本棚は私の本棚みたいだった。さしこまれたほとんどの本に見覚えがあった。私の本の好みはめちゃくちゃで、ミステリと近代文学と詩集と、哲学本と宗教本とサブカルチャー本と、現代小説とアメリカ文学と紀行本とが、順不同に並んでいる。ハナケンの本棚もまるきり同じだった。アメリカ文学ならアメリカ文学と、好みが一種類なら似るのは理解できるけれど、そのてんでばらばらさ加減まで似ていることは、本当に驚き以外の何ものでもなかった。うわ、と、ハナケンとおんなじように私も声を出したと思う。

もちろん、全部が全部同じ本というわけではなかった。私の聞いたこともないタイトルの本もずいぶんあった。私はそれらを数冊抜き出して、貸して、とたのんだ。これだけ本棚が似てる人の本だから、おもしろいにちがいないように思えた。

　私たちはたがいの知らない本を貸しあい、むさぼるように読んで（実際ハナケンに借りた本はなんでもおもしろかった）、次のデートのときに、本の感想を延々言い合った。居酒屋や、レストランや、公園や、ラブホテルで。

　一年と少し交際して、それからいっしょに暮らしはじめた。いっしょに暮らすのはごく自然なことに思えた。私のアパートには、ハナケンの下着やシャツやCD、それに借りた本が、自然繁殖するみたいに増えていたし、ハナケンの部屋には、化粧水だの歯ブラシだのマグカップだのがやはり同様に増えていた。いっしょに暮らすということは、そういうこまごましたものを、いっしょくたにしてしまうだけのことだと私は思っていた。

　私たちにはお金がなかったから、引っ越しをしても、新しい家具はほとんど買わなかった。ダイニングテーブルは私が使っていたもので、ベッドはハナケンの部屋から持ってきた。唯一買ったものといえば本棚だった。二倍に増えた本を収納できる大きな本棚を、私とハナケンは三カ月捜しまわって買った。

　おんなじの、売っちゃおうか。真新しい本棚に本を差し入れながら、ハナケンは言っていた。ブコウスキーも髙村薫も山田風太郎も、まったく同じのが二冊ずつあるんだけど、これ一冊古本屋に売る？　そうすれば、もう少し収納できるよ。どうせ本は果てしなく増え続けていくんだから。と、言った。

それには私も同意して、実際、私たちはおんなじ本の一冊だけ——傷んでいるほう——を抜き出して、近所の古本屋に売りにいったのだ。三十冊以上はあったと思う。けれど売らなかった。言われた値段が、びっくりするほど安かったから。もちろん、一回くらいは飲める程度の金額だった。でも、自分たちがその一冊一冊を買ったときのことを思い出すと、その値段はとうてい釣り合わないように思えた。それで、そっくりそのまま持ち帰ってきた。

その日、売らなかった本を真新しい本棚に戻しながら、私たちは他愛ないことを延々としゃべった。ブコウスキーの感想。山田風太郎の本をはじめて買ったときのこと。読み終えるのがつらかった本。結末に不満がある本。窓の外はゆっくりと夜になっていった。

この本棚がいっぱいになったらまた新しい本棚を買えばいいよね、と私は言った。そうだな、二年後に引っ越したっていいんだし、とハナケンは言った。

本棚がいっぱいになって、新しい本棚を据え置いて、部屋がどんどん狭くなったら引っ越しをして、その先の、ずっと先まで、いっしょにいられると信じていたのだ。私も、ハナケンも。

私は一冊を手にとって、まじまじとながめ、自分の段ボールに入れるべきかどうか悩みはじめる。これはハナケンの本だ。私が借りて、気に入って、おんなじものを買いたいと言ったら、笑われたのだ。二冊揃えることはないだろ、ここにある本はきみの本でもあるじゃんか。ハナケンはそう言った。私の本でもあるんなら、もらっていってもかまわないのじゃないかと、いやしいことを考えたのだ。けれど結局、私はその本を本棚に戻す。この本を引っ越し先に持っていくということは、ハナケンの気配を持っていくということとおんなじことだ。いつか私はその気配に戸惑うだろう。持ってきたことを後悔するだろう。だから置いていく。読みたくなったら、あたらしく買えばいい。

西の窓から橙色の日がさしこむ。段ボールだらけの床を陽ざしはななめに切り取る。おんなじの、売っちゃおうかと言ったハナケンを思い出す。別れることになるなんて、あのとき彼も思いもしなかったんだと思うと、少し気持ちが楽になる。

本棚の本が似ていたって恋は終わる。あたりまえのことだけれど、好きな人ができたとうち明けられたとき、私はひどくたじろいだ。裏切られた気がした。ハナケンに、ではなくて、共通の本に、だ。

好きな人ができたからここできみといっしょに暮らしていくことはできないんだと、まるで自分が傷つけられたようにハナケンは言った。梅雨どきのことだ。今年の梅雨は、雨があんまり降らなかった。

その人、本を読むの？

思い出すと笑ってしまう。こともあろうに、好きな人ができたと告白されて、私がまず口にした質問がそれだったのだから。え、と少し驚いたような顔をして、読まない、とハナケンは答えた。読まないと思う、とちいさくくりかえした。だれ？　私は訊いた。きみの知らない人。仕事場の人。とハナケンは答えた。本を読まない人を好きなの？　さらに私は訊いた。混乱して、そんな馬鹿みたいな質問しか思いつかなかったのだ。そうしてかなしいことに、混乱しながらも、少しでもその見知らぬ女より優位に立とうとしていた。

そういうこと、関係ないんだ。困ったように、しかしむっつりとハナケンは答えた。本当にそのとおりだ。本を読もうが読むまいが人は人より優位には立てないのだし、好きになる気持ちにそんなことはさほど関係がない。

どうしようもないの、と私は訊いた。訊きながら、最悪の質問だとわかっていた。どうしようもないと答えられたら、もう、終わるしかないじゃないか。そして、終わるしかない答えをハナケンはした。

ハナケンはその告白で全精神力と全体力を使い果たしたようにほうけてしまったので、具体的なことはみんな私がすすめた。引っ越しとか、荷物の分配とか、引っ越すまでの立ち位置とか。立ち位置、というのもへんだけれど、いっしょに暮らしている男女が、今日から単なるルームメイトみたいによそよそしくなるには無理がある。しかも私は、そんなてひどい告白をされてもまだハナケンが好きだった。引っ越しまでの期間とはいえ、ハナケンとともに暮らし続けるのは私にとって酷だった。

私の引っ越しが決まるまでのあいだハナケンにはウィークリーマンションに泊まってもらうことにした。彼の荷造りは、平日の昼間、私が仕事にいっているときにやってくれるよう頼んだ。もろもろの手続きは、メールですませるようにした。どうしても会って話さなくてはならないときは、この家ではなく、外で会ってもらうようにした。

つまり、好きな人ができたと聞かされた日の夜から、私はハナケンに会っていない。私の引っ越し先は先週末に決まり、お盆休みには決行することになる。ハナケンがどうするのかは知らない。引っ越すのかもしれないし、本を読まない女の子とここに住み続けるのかもしれない。このままいけば、ハナケンと会うこともなく私は引っ越しをすませ、ハナケンと会うことのない日々を送っていくだろう。

そんなさばさばしたまねができたのは、どうしたってハナケンを嫌いになれそうもなかったからだ。嫌えないのなら、会わないしかない。死んだ人みたいに、願っても会えないところにいってもらうしかない。

段ボール二箱に本を詰めこみ、ガムテープで蓋をする。窓の外はもうすっかり夜だ。これだけかたづけても、本棚の半分はまだ手をつけていない。明日にしよう。そうつぶやいて私は立ち上がる。財布を持って、夕食の買い出しをするために部屋を出る。

まったくおそろしいことだと思うが、恋人にふられても、こっぴどく傷ついても、毎日はおんなじようにやってくる。段ボールだらけの部屋で身支度をして、会社にいき、また段ボールだらけの部屋に帰ってきて、ものを詰め、ガムテープで蓋をして、ひとりで眠る。

ハナケンとともにごく平和な日々を送っていたのとまったく同じように、私は同期の女の子たちと冗談を言い合い、ランチを食べにいく。学生時代の友達と飲みにもいくし、買いものにもいく。友達と笑い転げる私を、もうひとりの私が見おろしている。だいじょうぶ、だいじょうぶと、もうひとりの私は安堵してうなずいている。笑えるじゃない。冗談を言えるじゃない。ほしい服があるじゃない。すれ違った男の子を、ちょっといいなと思ったじゃない。もうひとりの私は、子どもを褒めるように私を褒め続ける。

なんでも話す一番の友達にだけ、ハナケンと別れることをうち明けた。煙草とおんなじだよね、ビールジョッキを傾けながら蓮っ葉に言い放つ私を、もうひとりの私は見おろしている。だいじょうぶ、だいじょうぶ、よく言えたと、おおげさに褒めてくれる。

禁煙って、最初の三日間がつらいの。体内のニコチンが出ていくのに七十二時間かかるんだって。もうだめだ、死んじゃう、とか思うんだけど、その三日がすぎるとね、すーっと楽になって、忘れちゃうんだよ。はっと気がつくと、一日、一回も煙草のことなんか思いつかなくなってて、自分がかつて煙草を吸ってたなんて嘘みたいに思えるの。つまり習慣。男だっておんなじだよね。

乱暴な言葉をわざと使う私を、もうひとりの私はさらに褒めてくれる。そうそう、ハナケンと固有名詞を使うからいけない、男と総称してしまいなさい、本当に、たくさんいる男のひとりでしかないんだから。

ときどきは、相手の女の子の悪口を続けざまに言ってみたりする。これは心のなかだけで。

見も知らない人だけれど、きっと馬鹿に決まっている。だって本を読まないような人なのだ。映画も観ない、音楽も聴かない、おいしいものもわからない、趣味のあんまりないおばさんみたいな人だろう。きっとおっぱいばっかり大きくて、そのおっぱいを揺らしながらハナケンに近づいたんだろう、それくらいしかきっと魅力のないかわいそうな女。悪し様にののしると、友達の冗談に、さらに大きな声で笑うことができる。

引っ越しが三日後に迫るころには、煙草とまったくおんなじに、ハナケンの声も顔もあまり思い出さなくなっていた。見知らぬ女の子の悪口を胸の内でつぶやくこともめっきり減った。うまくやっている私を見おろす、もうひとりの私の登場回数も減った。

さらに引っ越しの日は、わくわくしている自分に気がついた。たちなおりの早さは我ながら感心するほどだった。新しい部屋は、もちろん今までより狭いけれど日当たりがよく、広いベランダがある。ベランダからは川が見える。

引っ越し屋のアルバイトが、先輩アルバイトたちの目を盗んで声をかけてきたことも私を得意にした。自分ち、近所なんで、何か困ったことがあったら連絡くださいと、携帯の電話番号を書いたちいさな紙をこっそり渡してくれたのだ。

引っ越し屋がみんな帰ってから、近くのスーパーに買いものにいった。今まで通っていたスーパーより広くて、品数が多かった。ハーブが各種揃っていたし、洒落たラベルの瓶製品も充実していた。

何もかもうまくいくにちがいない。広いスーパーを歩きまわりながら私は思う。乾麺の蕎麦と蕎麦つゆ、ビールを買って、鼻歌をうたいながら真新しい町を歩いた。お盆休みで車も人通りも少ない。痛いほどまっすぐ射す太陽も心地よかった。何もかも新しくなると思った。川沿いで、さっきアルバイトにもらった紙切れを取り出して眺めた。走り書きの数字は、私に自信をつけてくれるように思えた。ポパイのほうれん草みたいに、目に見えて。

ジーンズのポケットに入れておいた携帯電話が短い音でメール受信を知らせる。スーパーの袋を足元に置いて、携帯電話をチェックする。ハナケンからだった。

引っ越し無事終わりましたか。問題なしですか。

ハナケンが打った文字を見ても、体のどこも痛くならなかった。心臓も脳味噌も。少し前までは、ときおり送られてくるハナケンのメールは決まって体のどこかを痛めつけた。こめかみがずきずき痛んだり、心臓が針で刺されたように痛んだ。何か困ったことはないかだの、手伝いが必要だったら言ってくれだの、思いやりの言葉がみんな嫌味に思えた。早くあの家から出ていけと暗に言われているのではないかと勘ぐったりした。

ハナケンの言葉に他意はないと、今なら冷静に理解できる。律儀な、やさしい男なのだ。実際、配線がうまくできず問題です、と返信すれば、今からいこうかとハナケンは申し出てくれるだろう。そういう男なのだ。だから好きになったのだ。

問題なしです。新居快適です。どうもありがとう。

私は河原にしゃがみこんでそう打ちこみ、返信ボタンを押した。スーパーの袋から水滴が滴っているのに気づいて、ビールをとりだし、その場で一本飲んだ。

まだ充分つめたかった。川はガラスをばらまいたみたいにきらきら光っていた。

ひとりで引っ越し蕎麦を食べてから、段ボールを開けていった。クーラーをがんがんにかけて、カーテンを取りつけ調理器具をしまい、テレビとゲーム機とDVDをつないだ。お盆休みは五日間だ。六日目に、部屋らしく整った場所からいつもどおり出勤したかった。

次々と段ボールは空いていき、部屋はどんどん広くなる。新しい段ボールの蓋を開けると、本が出てきた。あの本棚はハナケンに譲ってきたから――物理的にここには入らないだろうと判断したのだ――、本を収める棚がない。しかたなく、壁に沿って積み上げていく。必要なものをリストアップして、休みのあいだに買いにいこう、と思いつく。カーテンも新しくしようか。ベッドも買ってしまおうか。その思いつきは私をわくわくとさせる。

次に開けた段ボールからも本が出てきた。私は無言で本を積み上げ続けていく。本の山の一番上に、何気なく置いた一冊に目がいく。フィッツジェラルドの短編集だった。古本屋で買った、表紙の黄ばんだ単行本だ。その表紙を目にしたとき、反射的にある光景が浮かんだ。車に乗った男と少女、冬のはじまりの灰色の町。

有名でもなんでもない短編小説の光景だった。

　これとは違う短編集が、ハナケンの本棚にもあり、その短編はハナケンの本にも収録されていた。好きというわけではないんだけれど、なぜかあの話が心に残っていると私が言うと、そうなんだ、おれもなんだ、見たみたいに光景を覚えちゃってるんだ、とハナケンも言った。そういうことはじつによくあったから、そのときはもう驚かなかった。

　青いワンピースを着ている女の子が出てくるんだよな、ハナケンが言い、違う、青じゃなくて、グレイっぽい白の服だ、と私が訂正した。いや、絶対に青だ、ハナケンは食い下がり、じゃあ賭けようと、私は本を抜き出して言った。その週末にいくことになっていたステーキレストランの食事を賭けて、本を開いた。私たちは退屈な子どもみたいに、頭をくっつけてその短編小説を最後まで読んだ。しかしその小説に、女の子の服の色は書かれていなかった。最後の文章を読み終えて、私たちは顔を見合わせた。そうして次の瞬間、笑い出した。

　私は本から顔を背け、段ボールからさらに本を取り出す。続きものの漫画が出てくる。十二巻から二十二巻までしかない。十一巻までがハナケンの本棚にあり、読み出してとまらなくなった私が、その続きを買ったのだ。二十三巻からはハナケンが買った。十五巻目にものすごくいいシーンがある。先に読んだ私は、漫画を放り出して鼻をかみにいった。声を出して泣いた。それを笑っていたハナケンは、しかし十五巻目のその場面で、やっぱりそそくさと立って、私に隠れるようにして鼻をかんでいた。すごいね、すごいね、と真顔で言い合った。

十五巻目のそのページを開く。私の目に文字も絵もうつらないのにぽとりと水滴が落ちる。頬をはられたように気づく。だれかを好きになって、好きになって別れるって、こういうことなんだとはじめて知る。本棚を共有するようなこと。たがいの本を交換し、隅々まで読んでおんなじ光景を記憶すること。記憶も本もごちゃまぜになって一体化しているのに、それを無理矢理引き離すようなこと。自信を失うとか、立ちなおるとか、そういうことじゃない、すでに自分の一部になったものをひっぺがし、永遠に失うようなこと。

私は漫画を閉じ、床に座りこむ。十五巻目を読んだときよりさらに激しく声をあげて、泣いた。ハナケンのことで泣いたのははじめてのことだ。

本の抜け落ちた本棚が、同じ本で埋められることはもうないだろう。ハナケンのあの立派な本棚も同じことだ。けれどそれはかなしいことでもないはずだ。私たちは、たぶん、本のなかの印象的な光景を思い出すように、書かれていない女の子の服の色まで即座に思い出せるように、共有した時間を持ち続けるのだろうから。

気がすむまで泣こう、と散らかった部屋のなかで私は思う。思う存分、子どもみたいに泣こう。夜更けまで泣いたっていい、だって私はそれくらいたくさんのものを失ったのだから。

そして明日、新しい本棚を買いにいこう。カーテンよりもベッドよりも先に。声をあげて泣きながら、私はそう決める。

# 不幸の種

この話をはじめるには、十年前にさかのぼらなくてはならない。

十年前。私は十八歳で、大学進学のために、実家を出てはじめて東京でひとり暮らしをはじめた。落ちるだろうと思っていた大学に受かったものだから、引っ越し準備などほとんどしていなかった。卒業式ののち、とりあえず自分の部屋にあるものは引っ越し屋のトラックに詰めこむというような、乱暴な引っ越しになった。

アパートの二階の、六畳にちいさな台所のついた部屋が私の新居だった。そんな狭い空間に、本棚とベッドと学習机が運びこまれた。学習机は持ってくるんじゃなかったと後悔したが、しかしすぐに送り返すのもなんだか馬鹿馬鹿しい。とりあえずベッドも学習机も以前どおり使って、そのうち部屋に合うものを捜して買いかえよう、と思った。

今まで使ってきたものを運び入れたから、新生活は、あまり新鮮ではなかった。もちろん高校の何十倍も人のいる大学や、大学の授業や、サークル活動や、授業のあとの飲み会は、ついていくのがやっとであるほど新鮮だったし、慣れたかどうか気づかないうちに時間は流れた。けれど、部屋に帰ればおなじみの、机とベッドと本棚が私を迎える。見慣れた家具類は、私をまだ高校生であるかのような気分にさせた。

実家から運びこんだ段ボールがすべて空になり、それをつぶしてゴミに出し、ようやく部屋が部屋然としたときには、もう梅雨がはじまっていた。

アパートはぼろいし、家具は古びているものの、しかしきちんと片づいたのだから、人を招きたくなる。大学に入って一番最初に仲良くなった女の子をまず最初に招いた。私たちはちいさな台所でぴったりくっついて夕食を作った。シングルベッドでくすくす笑いながらいっしょに寝た。

ぐずぐずと長引いた梅雨の終わりごろ、私には恋人ができた。語学のクラスがいっしょだった男の子だ。

恋人をアパートに呼んだのはその数週間後である。夏休みのさなかだった。女友達といっしょに作ったものと同じメニュウをひとりで作った。床に食器を置いて男の子とともに食べ、はじめて男の子と寝た。夜なのに窓の外で蟬が鳴いていた。

その夜、薄い明かりに目覚めると、男の子はベッドから下り、畳にあぐらをかいて本を読んでいた。私が目覚めたことに気づくと、

「眠れなくて」と笑った。彼が手にしていた本は、見たことのないものだった。彼が持ってきたんだろうと思った。それにしてもずいぶん古い本である。表紙は黄ばみ、四方が反り返っている。

「愛読書？」と訊くと、彼は笑って私をのぞきこんだ。

「寝ぼけてる？　きみの本だよ。本棚から拝借したんだ」

私は彼の手から本を取り上げ、スタンドライトの明かりでまじまじと見た。まったく見覚えがなかった。翻訳小説みたいだが、横文字の

名前は聞いたこともなく、フランス名なのか、英語の名前なのかもわからない。

しかしこのときは、あんまり気にもとめなかった。家族の本が混じったのかもしれないし、以前ここに遊びにきたことのあるクラスメイトの忘れものかもしれなかった。見慣れない本がそこにある、ということよりも、このちいさな私の家に見慣れた男の子がいる、ということのほうが、私にはよっぽど重要だった。

私とその男の子は、どちらもまだ二十歳にもなっていなかったけれど、きちんと恋をした。おたがいにとってはじめてのきちんとした恋で、いっしょにいることが恋を持続させるんだと私たちは信じていた。

ほとんど毎日、私たちはどちらかのアパートを訪れていっしょに眠った。朝いっしょに目覚めて、いっしょに学校へいき、机を並べて勉強し、学食でともに昼ごはんを食べ、また午後の授業にいっしょに出て、いっしょにどちらかの家に帰る、ほとんど二十四時間いっしょにいてもまだいっしょにいたりなかった。

ときどき、実家から持ってきたベッドで深夜目覚めると、スタンドライトだけつけて男の子は本を読んでいた。例の、私のものではない本である。

「おもしろいの?」と訊くと、

「おもしろいっていうか、なんか読んじゃうんだよ」と彼は答えた。

畳に座って彼が私の知らない本を読んでいる光景は、なぜか私をぞっとさせた。ほとんど毎日恋人といっしょにいるのに、とてつもなくひとりぼっちだと思わせた。深い深い、空の光すら届かない井戸の奥に、ひとりぼっちで座っているような。自分の本棚に入ったままの、持ち主のわからない、そして彼が「なぜか読んじゃう」本を、私が決して開かなかったのは、そんな理由があったからだと思う。

二年生にあがって、私はあんなにもいっしょにいた男の子にふられた。二十歳にもならないときの失恋なんてたいしたことはないだろうにと、今、思うが、けれどそのときは、台風と洪水と大地震にいっぺんに見舞われたような気がした。しかも、彼が私をふった理由は、私の友達を好きになったからだった。こともあろうにそれは、はじめて私のアパートにきた女の子、近藤みなみだった。

近藤みなみと彼はまもなく交際をはじめた。彼らは、私と彼みたいに四六時中いっしょにはいなかった。昼食もべつべつだったし、どちらかが休んでどちらかが学校にきているときもあった。

そんな二人を見ていると、恋というものはいろんな形態があるんだな、と思ったり、私たちはひっつきすぎていたからだめだったのかな、と思ったりした。どちらにしてもおもしろい気分ではなかった。

あんまりいっしょにいない二人が、廊下で立ち話をしていたり、中庭のベンチに並んで腰掛けたりしていると、やけに目立った。そこには何か、他人が立ち入れない親密さが感じられた。そんな彼らを見るのはつらかった。台風と洪水と大地震に、落雷と津波と土砂崩れがさらに追加された。

それだけではなかった。彼らを見るのが嫌で学校にいかなかったせいで、成績と出席日数はみるみる激減し、二年生の夏だというのに早くも留年が決定していた。

たまに学校にいってみると、その留守のあいだ、空き巣に入られた。こんなぼろアパートに何があると思ったのかと、腹立ちより疑問のほうが大きかった。もちろん私には隠し持つ財産などあるわけはないが、封筒に入れた仕送りが消えていた。五万円程度だったが、私のそのときの全財産ではあった。

なんだかいろんなことがいやになって、旅行にいくとは言わず親に借金をし、格安航空券を買って台湾へ飛んだ。二週間近く旅して過ごしたのだが、旅の後半に乗ったバスが高速道路で横転し、無傷の乗客もいたのに私は右足を骨折した。言葉も通じない町で入院する羽目になった。

何かおかしい、と病室で私は思った。

私の運ばれた病院は花蓮という町にあり、窓からは緑の濃い山が見えた。蟬の声がひっきりなしに続き、午後には窓の下を、奇妙な節まわしで何か叫びながら物売りが通る。

　夜中に目覚めるときは、自分が台湾にいるなどと忘れて、思わず枕元に手をのばしてしまう。あのちいさなアパートのベッドサイドにはテレビがあり、テレビの上にはリモコンや読みかけの本がある。朝目覚めるとそれに手をのばすのが私の習慣だった。

　しかしのばした手に触れるのは、病院が貸してくれたプラスチックのコップと、看護婦が持ってきてくれた中国語の新聞で、ああ、そうだった、と思い出す。私は病院にいるんだった。

　首を元に戻すと頭上に白い天井がある。廊下から漏れる青い明かりに照らされてぼんやり広がるほの白い天井。

　見慣れない天井を見上げていると、私の部屋で背を丸め本を読んでいた男の子のことを思いだした。あの本は、いったいだれの本だったんだろうと、そんなどうでもいいことを、眠りに落ちるまで考えた。心当たりはまるでなかった。

　保険に入っていたおかげで、個室に入れたし、不自由は何もなかったが、話し相手もおらず、テレビも言葉がわからず、ひたすら退屈で、孤独だった。両親には入院したと連絡したのに、ただの骨折だとわかるとだれもきてはくれなかった。電話では怒られるばかりだった。留年したこと、学校にもいかず旅なんかしていること、しかも親に黙っていったこと、借金したこと、怪我なんかしていること。

怒られるのが嫌で親に連絡を取らなくなると、あとはひたすら、ベッドの上で時間をつぶしているしかなかった。予定をやりくりしてまで花蓮の町にきてくれる恋人も友達も、私にはいないのだと今さらながら実感した。

何かおかしい。へんだ。窓の外の、みっしりと動かない山を見つめて私はいよいよ強く思った。厄年はもう過ぎている。乙女座は今年、十二年に一度の幸運期ではなかったか。

幸運期であるはずの私に、今年何が起きた？　恋人にふられ、友達を失い、留年し、空き巣に入られ、旅すれば怪我をする。これはちょっと、明らかに何かおかしい。

怪我がなおったら台北の占い師を訪れようと私は決めた。読むものがなくて、くりかえし開いていたガイドブックの隅っこに、その占い師のことが書かれていたのだ。よく当たると評判で、しかも日本語がしゃべれるらしい。今年になってから次々と私を襲う災難の原因を、はっきりさせてもらおうじゃないのと、窓の外の田園風景を見て私は決意した。

台北の、龍山寺近くの路地に、占い師たちが何人か店を出している。葬儀屋や漢方薬屋が軒を連ねる路地を歩き、ガイドブックにのっていた占い師を、注意深く私は捜した。漢字名を書いたノートの切れ端を見せて歩いて、ようやく目当ての占い師を見つけた。

真っ赤なチャイナドレスを着て、白いレースを頭からかぶったその占い師は、しかしほとんど日本語をしゃべることができなかった。私は通じようが通じまいが、自分の身に起きた災難をべらべらとしゃべり、「失恋」「強盗」「事故」「学業不振」「落第」「親激怒」「不幸」「不運」と、思いついた漢字をノートブックに書き殴って彼女に見せた。

彼女は片言の日本語で私の生年月日と名前を聞き、なにやら妙な図式を書いてぶつぶつと口のなかでつぶやき続け、「部屋のなかに不幸の種がある」と言った。正確に言えば、中国語で何か言い、首を傾げた私のノートに「屋里」「有」「不幸」「根子」と書きつけて、「コウイウコト」と日本語で言った。首を傾げると、女は少し考えて、「屋里」の隣に「房」と、「根子」の隣に「原因」と書き添えた。房はたしか部屋である。「部屋のなかに不幸の種がある」と言っているのだろうと私は理解したのだった。

「あっ」私は大声を出した。あの本。あの本が不幸の種に違いない。「それって本じゃないですか？　ブック、本、ブック」夢中で言いながら、ノートに、本、と書いた。女はそれをじっと見つめて、眉間にしわを寄せたままうなずいた。

「本を捨てれば私は幸せになりますか」私は訊いた。今度は占い師が首を傾げる。「本、捨、我、成、幸福」と私は書きつけ、？・？・？・とクエスチョンマークを三連発でつけ加えた。女は私の書いた字をまたじっと眺めていたが、幸福、という字の上にぐるぐると円を描き笑いかけた。

本だ、やっぱりあの本だ。恋人が夜中読んでいるのを見るたびぞっとした気分を思い出す。あれは何かの予感だったに違いない。帰ったらすぐにあの本を処分しよう。だれのものかわからないあの本。

夕日に染まった台北の町を歩きながら私は決意した。台北は、町じゅうがサウナであるかのように粘っこく蒸し暑かった。ものすごい数のバイクがクラクションを鳴らしながら通りを走っていく。私はまだ少し右足を引きずって歩きながら、その見知らぬ町で思い描いていた。だれのだか知らないがあの不吉な本が部屋からなくなって、不幸の影が一掃されて、幸福に暮らす私自身の姿を。

実際のところは、幸福な自分の姿というものはあんまりうまく想像できなかった。好きだった男の子がもう部屋にくることがない生活は、たとえば十八歳までの私に戻るようなことだった。実家で暮らしていた恋を知らない十八歳の自分が、幸福だったかどうか私にはわからなかった。

それでもとりあえず、運動選手が勝利の瞬間を何度もイメージしてみるように、私も幸福というものを思い描こうとつとめた。バイクの排気ガスを吸いこみながら。路地から流れてくる水餃子のたれのにおいを嗅ぎながら。

東京の、古びた家具の詰まったアパートに帰ったときは冬だった。大学は長い休みに入っていた。台湾旅行も、花蓮での入院も、なんにもなかったかのように日々はまわりはじめた。

親に返済をせっつかれたためにやむなくアルバイトをはじめた。夕方四時から深夜十二時まで、アパートのそばの居酒屋で働いた。アルバイトを終えると大急ぎで銭湯にいって、一時近くに部屋に帰り、夢も見ずに眠った。

帰ったらすぐに捨てようと思っていた例の本を、私は捨てることができなかった。表紙の反り返った、色あせた本。だれのものだかわからない本。ここに災難が詰まっていることはわかっていた。早く手放さなければ何が起こるかわからないと焦ってもいた。

けれど、燃えるゴミにぽんと混ぜてしまうのははばかられた。もっと大きな罰が当たるような不吉な予感がするのだった。古本屋に売る、ということも考えた。けれどそれもまたなかなかできずにいた。なんだか匿名の不幸の手紙をまわすような気がして、売ったらさぞや後味が悪かろうと思ったのだった。

そんなあるとき、私の働く居酒屋に、近藤みなみがひょっこり姿をあらわした。クラスメイトのだれそれに、ここで私がバイトしていると聞いてきたのだと、注文をとりにいった私にみなみは言った。

「あんなことがあって、私たちあんまり口もきかなくなっちゃって、それで、ずっとかなしかったの」とみなみは言った。「あやまるとかっておかしいけど、でも、できたら前みたいにキミちゃんとおしゃべりしたいと思ってさ」と言った。

そんなことを言われて私はちょっと困った。私が花蓮で、物売りの声を聞きながら天井を見ていたときも、台北で占い師を捜して歩いていたときも、みなみと私の元恋人はべたべたいちゃいちゃして、クリスマスも正月もいっしょに過ごしていたんだ、と思うと、テーブルをひっくり返したい気持ちに未だになる。しかしそんなのみなみが悪いわけじゃないと理解できるくらいは私は大人だ。それに、私だってみなみと前みたいに話したかった。

「うまくいってる?」テーブルのわきに立って、くすくす笑って眠りたかった。嫌味に聞こえないよう慎重に私は訊いた。

「うん」困ったようにみなみはうなずき、「ビールとモツ煮をください」メニュウに目を落としてちいさな声で言った。

「軟骨入りつくねもおいしいよ。あと高野豆腐のトマト煮込みも」私は言った。

「じゃあ、それもお願いする」みなみはほっとしたように笑った。

店長に注文を通し、みなみのためのビールをジョッキに注ぎながら、私はあることを思いついた。そんなことを思いつく自分は残酷なのかもしれないと思わないでもなかったが、なかなかいいアイディアのようにも思えた。あの本を、元恋人に渡してもらおうと思ったのだ。

私のアパートで、眠れないとき彼はいつだってあの本を開いていたのだし、それに、あの本がもとで彼に災難が起きても私にはもう関係がない。あるいは、彼みたいにしょっちゅう手にとってくれる人には、なんの災害も起きないかもしれない。

生ビールとモツ煮をテーブルに運ぶときには、それがもっともふさわしい本の始末のしかたであるように私には思えた。

「ね、私十二時に仕事終わるの。あと三時間近くあるけどさ、もしよかったらそれまで飲んでて。そのあとでうちにこない？　みなみの恋人に、渡してほしいものがあるんだ」

私は言った。うん、いいよ、待ってる。みなみはまっすぐ私を見て笑った。

雪が降りそうにさむい日だった。居酒屋を出て、いつもは銭湯にいくのだと何気なく言うと、今からいこうとみなみはうれしそうに言った。私たちは銭湯までダッシュして、ゆっくりと湯船に浸かった。シャンプーもナイロンタオルも順番に使った。そうしていると、一年半前の梅雨から、時間はちっともたっていないように思えた。恋も知らず失恋も知らず、狭苦しい台所で料理をしていたころ。

「渡してほしいものって何」脱衣所でコーヒー牛乳を飲みながら、みなみが訊いた。

「本なの。それ、たぶん、彼のだと思うんだ。違うって言うかもしれないけど、でも私のじゃないし、読もうとしたけど、なんだかむずかしくて私には読めないから」私は言った。

銭湯から私のアパートに向かう途中、静まり返った商店街を歩きながら、私はふと思いついてみなみに言った。

「その本、絶対彼に渡してね。みなみが持ってちゃだめだよ」

私のせりふをどんな意味にとったのかわからないけれど、みなみはまじめな顔をして、うん、わかった、と小刻みにうなずいた。夏よりずっと澄んだ夜空に、いくつかくっきりと星が見えた。


しかし結局、近藤みなみはその本を恋人に渡さなかったのだ。そのことを、大学を卒業したずっとあとで私は知ることになる。

大学を出るころには、私には新しい恋人がいた。トイレとユニットバスつきの部屋に引っ越していて、実家から持ちこんだベッドも机も処分してしまっていた。一年生のときの恋も忘れていた。大災害の気分も。みなみと例の恋人は、私より先に卒業していったが、大学在学中ずっとつきあっていた。もちろん、いっしょにいる彼らを見ても、なんとも思わなかった。

みなみとはずっと友達だった。けれどなんていうか、一年生のころの親密さはもう戻ってこなかった。そんなふうに思いたくはないけれど、やっぱり私の元恋人、みなみの現恋人が、私たちのあいだに溝をつくってしまったみたいだった。会えば話すし、数人で飲みにいったりもするが、電話で長話をしたり、どちらかの下宿に泊まりにいったりすることはなかった。一年先にみなみが大学を出てしまうと、連絡し合うことはもうなかった。


一足遅れに大学を出て、私は中学生向けの参考書を扱う出版社に入社した。働きはじめて五年目の秋に、偶然近藤みなみに出会った。日曜日に通っていた、自宅近くのスポーツクラブのマシンフロアで。

「似た人がいるなあって思ってたの」みなみはそう言って近づいてきた。Tシャツにアディダスのジャージを着ていた。Tシャツは首のあたりが汗で濡れていた。

「いやだ、嘘みたい、こんなところで」やっぱりTシャツにジャージ姿で、首にタオルを巻いた私は心底驚いて言った。

おたがいに化粧もせず、ジャージ姿だったために、時間なんかまったく流れていないように思えた。私たちはまだ大学生であるかのようだな。マシンフロアの隅にあるベンチに座り、私たちはひとしきり近況報告をしあった。

私が二十七歳になったのと同じようにみなみも二十七歳になっていた。私が学生時代から数えると四回引っ越しをしたように、彼女も数回引っ越しをしていた。けれど彼女の時間のほうがずいぶん波乱に富んでいた。卒業後みなみはちいさな広告代理店に入社したものの、一年もたたずその会社は倒産。その後ずっとアルバイトを転々としているらしかった。

そして学生のときつきあっていた恋人と（つまり私の元恋人と）、みなみは二十三歳のとき結婚したのだと言った。けれど、半年も過ぎるころにはほとんど別居生活になり、一年後に離婚する。

「暮らしてみたら、徹底的に合わなかったの」とみなみは言った。その二年後、合コンで会った人と交際をはじめ、半年後にスピード結婚をし、「なんと一カ月前に別れたの。届けはまだ提出していないけど、とりあえずべつべつに暮らすことになって、それで私、この町に引っ越してきたのよ、このスポーツクラブは入会したばっかり」けろりと言った。

「また合わなかったの？」訊くと、

「ううん。向こうに好きな人ができたの」と笑顔で言った。

静かに音楽が流れるマシンフロアの片隅で、唐突に私はあの本のことを思い出した。彼女に託したあの本だ。不幸の元。表紙の反り返った、持ち主のわからない本。

「みなみ、あの本はあのあとすぐ彼氏に渡したんだよね」

「えっ、何それ」私の勢いに驚きながらみなみはちいさく訊いた。

「大学三年にあがる直前に、みなみ、私のバイトする居酒屋にきたじゃない。それで、私んちに泊まったじゃない」

「そういえば、そんなこともあったよね。よく泊めてもらったよね」

「そのとき、本を渡したじゃない。みなみが持ってちゃ絶対だめだって言って」

みなみは整然と蛍光灯の並ぶ天井を見つめ、はっとした顔をする。

「あったあった、あの本だ、あれキミちゃんの本だった」

「渡したんだよね」

「そうそう、あの本。それが、あの本ね、渡さなかった」天井を見据えたまままみなみは言った。

「じゃあ今も持ってるの?」

「たぶん、あると思うけど……ほら、引っ越したばっかりで、まだほとんどの荷物が段ボールのなかなのよね」

「だめじゃない!」私はほとんど叫ぶように言っていた。「持ってちゃだめだって言ったじゃん!」

みなみの波乱に富んだ五年間は、二度の結婚と二度の破局のすべての原因は私にある。そう思った。あのときなんで彼女に本なんか渡したのか。気持ちのどこかで、私をふった恋人とつきあっている彼女を許していなかったのか。彼女が不幸になればいいと願ったのか。そんなはずはないとうち消しながら、ひょっとしたら心の片隅ではそんなふうに思っていたような気もした。

「ちょっと、五年ぶりに会ったっていうのに、全然意味わかんない」

みなみは困ったように笑った。


スポーツクラブから七分ほど歩いた住宅街にみなみの住まいはあった。古いマンションの五階で、みなみの言うとおり、部屋は封を開けられていない段ボールだらけだった。ベランダに通じるガラス戸を開け放ち、みなみは床に座って缶ビールを飲んだ。私も缶ビールに口をつけたが、一刻も早く段ボールを開けたくてうずうずしていた。

「なんかやる気が起きないのよね。それで、必要な服とか、食器とか、そういうの以外はまだなんにも手をつけてないの」みなみはぼんやりした声で言った。

やる気が起きないのも、段ボールだらけの雑然とした部屋でみなみが暮らしているのも、全部私の責任であるような気がした。

「開けよう、今すぐ。ビールなんか飲んでないで」

私は立ち上がって宣言し、みなみの返事を聞く前に、手近にあった段ボールを開けはじめていた。訝しげな顔をしながら、みなみも面倒そうに立ち上がる。

スポーツクラブで流した汗がひいたばかりだというのに、段ボールを開けていくうちすぐに汗だくになった。夏はとうに終わったのに、窓からは夏に逆戻りしたような生ぬるい風しか入ってこない。段ボールを開け中身を取り出しながら、私はみなみに本のことを話した。

十九歳の私を襲った数々の災難。台湾での入院。台北の占い師。不幸の種、という言葉。みなみは相づちを打ちながら聞いていたが、「つまりあの本を持ってるってことは不幸を呼び寄せることになるんだ」という私の言葉を聞いて、笑い出した。

「そんなこと、本気で信じてるの？」

「だって現に、勤めるやいなやみなみの会社は倒産したわけでしょ。それに二度も結婚に失敗した。段ボールを開ける気力もない」口にすると私が泣きたい気分になった。

「でもそれって、私にしてみればそんなに不幸じゃないのよね」真顔で言ったみなみは、あ、と声をあげ、段ボールのなかから本を一冊取り出して私に見せた。「これ、だよね」

「そう、それ！」

私はみなみから本をひったくるように取った。色あせた、表紙の反り返った翻訳本。

「スポーツクラブから帰ってくるとき思い出したの。どうしてそれを私が彼に渡さなかったかってこと。私ね、キミちゃんに嫉妬していたんだよね。彼が好きだった本を持ってるキミちゃんに。私の前で彼は本なんか読まなかったし、本なんか読むような人には見えなかったしね。それで、彼に本を渡したら、なんだか彼がキミちゃんのことを思い出して、キミちゃんのところにいっちゃうと思ったの」

みなみは床に座りこんで、ぬるくなったであろうビールを飲み、ガラス戸の向こうに目を凝らしてそんなことを言った。

「それでね、帰ってから私、一生懸命その本を読んだの。テスト勉強するみたいにね。正確に言えば、その本を読む彼の目線をたどったの。十九歳って、こわいよね」

みなみは笑った。

「それで、どうだったの、おもしろかったの？　だからとっておいたの？」

「うーん、どちらかと言うとおもしろくはなかった。難解だし、気がつくと同じ行を何度も読んでたりして」

「じゃあなんで持ってたの」部屋に散らばる段ボールの中身を見まわして私は訊いた。ＣＤや雑誌や、真新しい石鹼のセットや新聞紙に包まれた食器や、クリーニングの袋に入ったままのワンピース。

「それがね、二十二歳で読み返したら、書かれていることが少し、わかったの。二十四歳で読み返したら、またもう少しわかった。故郷で革命が起きちゃって、恋人といっしょに主人公が亡命する話なの。それで、彼は故郷のことを夢見ながら二十代を異国で過ごして、三十を過ぎてやっと故郷に帰ってくる。ずっと懐かしく思っていたその故郷に、だけど、彼の青春は見あたらない、って話なの。じゃあ亡命先に青春はあるのかっていえば、そこでは故郷のことばかり考えていたから、そこにもない。どこにもない。二十五歳で読み返したときは、ある箇所で心から泣いちゃった」

ベランダのずっと向こうに、新宿副都心がうっすら見えた。靄に包まれたように霞んでいる。

「それでさあ、この本、だれのだったっけってときどき思ってたりしたの。前の夫のことも、もちろんキミちゃんのことも忘れてて、えーと、なんでこの本はずっと私の本棚にあるんだろうかって。さっきキミちゃんに本のことを言われるまで、ほんと、すっぱり忘れてた」

みなみは言った。

「ごめん」

あやまると、心底不思議そうな顔でみなみは私を見、

「何がごめんなの?」と訊く。

「だからこれは不幸の種で……」

言いかけると、みなみはまた笑った。

「さっきも言ったけど、この五年、私不幸だとか災難だとか全然な

いよ、会社は勤めはじめてすぐ、私は会社員に向かないって思ってたところだったし、最初の結婚も、続けてたほうが不幸だったと思う。今終わりつつある結婚は、まあなんというか、ジェットコースターみたいで退屈しなかったよね。それにね、向こうに非があっての離婚だから、半年遊べるくらいの慰謝料もらえるんだ」

えへへと笑うみなみと本を、私は交互に見た。

恋人にふられ、空き巣に入られ、留年をして、ちいさなアパートで膝を抱えていた自分や、見知らぬ町の病院で天井を見ていた自分や、居酒屋で私を見上げ笑ったみなみや、渡した本を大事に抱えて帰り夢中で読んだみなみが入り交じって思い浮かんだ。それから、その後に流れた時間のなかにいる、そのときどきのできごとにとまどったり、泣いたり、笑い転げたり、そうしながらひとつひとつ年を経ていく私とみなみの姿が。

「私の思う不幸ってなんにもないことだな。笑うことも、泣くことも、舞い上がることも、落ちこむこともない、淡々とした毎日のくりかえしのこと。そういう意味でいったら、この本が手元にあったこの数年、私は幸せだったと思うけど。だからキミちゃんに感謝するけどな」

太陽はゆっくりと角度を変えて、霞む新宿副都心を金色じみた橙に染めている。床に置いた缶ビールを私は飲んだ。

「タフだなあ」おもわずつぶやくと、みなみは笑った。

帰り際、私はみなみからその本を受け取った。この本が、不幸の種になるのか幸福を呼びこむのかわからない、けれどそんなことよりも、みなみの話を聞いて、単純に読んでみたいと思ったのだった。私たちは学生のころみたいに、手をふりあって別れた。

それからさらに五年が経っている。私は同じ町内で一回引っ越し、一回恋人と別れ、数カ月前に恋人らしき人ができた。スポーツクラブはさぼりながらも通っている。ときどきジャージ姿のみなみと出会う。みなみも一回引っ越しをして、一駅向こうの町に住んでいる。あいかわらずのアルバイト暮らしで、翻訳を勉強したいと言って夜は学校に通っている。ときどきおたがいの家に遊びにいく。みなみは六歳年下の男の子と一緒に住んでいる。男の子は結婚を迫っているらしいが、みなみは決心がつかないそうだ。「バツ2はまだしも、バツ3じゃきついよね」と、結婚してもいないのに離婚の想定をしてそんなことを言う。

私の本棚には、どこからきたのかわからない例の本が未だにある。たとえば恋人と別れたことや、お給料がまったくあがらないことや、三キロ太ったことや、冷蔵庫が壊れたことや、自分が、子どものころに思い描いたようなとくべつな何ものかになっていないことは、ひょっとしたらこの本のせいかもしれないと、今でも思うことがある。

でもそんなとき同時にこうも思うのだ。かなしい思いや理不尽な腹立ちを幾度味わってもまただれかを好きになれることや、女友達の家で深夜までお酒を飲んで馬鹿話をできることや、そろそろ出まわりはじめた秋刀魚を食べておいしいと思わず声を漏らしてしまうことや、映画を見て人目もはばからず泣いてしまうことや、とくべつな何ものかでは決してない自分を受け入れたりできることもまた、この本がここにあるからではないだろうか、と。

そうしてあのときみなみが言っていたことが私にもわかる。この古びた難解な、だれのものだかわからない本は、年を経るごとに意味が変わる。かなしいことをひとつ経験すれば意味は変わるし、新しい恋をすればまた意味が変わるし、未来への不安を抱けばまた意味は変わっていく。みなみのように、文字を目で追いながら涙ぐむこともある。声を出して笑うこともある。一年前にはわからなかったことが理解できると、私ははたと思い知る。自分が今もゆっくり成長を続けていると、知ることができるのだ。

そうして今、交際をはじめたばかりの恋人がその本を本棚から抜き出す。ずいぶん古い本だな、と言う。違う場所で、十九歳を、二十七歳を過ごしてきた、私の好きな男。

貸してあげる、ちょっと読みにくいかもしれないけど、すごくおもしろいの。茹で上げたパスタの湯を切りながら、ふりかえって私は彼に言う。貸してあげるけど、返してね、とくべつな本だから。

# 引き出しの奥

みんながわたしのことをなんと呼んでいるか知っている。男好き、とか、やりまん、とか、公衆便所、とか。公衆便所ってのはちょっと古すぎると思うけれど、けなし言葉ってのは、あんまり進歩しないものなんだろうな。ばかかば、おまえのかあちゃんでべそ、とか、平成に生まれた子どもでも言うもんね。

だけど、男の子と飲んで、飲んだあとに、どうしたら自分ちに連れて帰らずにすむのか、わたしのほうが知りたい。あるいは連れて帰って、どうしたらやらずにすむのか。

こんなふうな、友人りっちゃんの言葉を借りれば「すさんだ生活」がはじまったのは、だいたい一年くらい前だ。進学のために実家を出て、都内のアパートでひとり暮らしをはじめたのが二年前。最初の一年間は、あんまり誘われもしなかったし、わたしも、男の子は苦手だった。中学からずっと女子校だったせいもある。

ごはん食べにいかない、とか、飲みにいかない、と男の子たちから誘われるようになったのは、十九歳になってからだ。思春期のころからずっと男の子を見ていなかったせいで、最初はなんだかこわかったし、男の子ってわかんないと思っていたけれど、数回ごはんを食べたり飲んだりすればすぐ慣れることができた。男の子って、わたしが思っていたより、たいしたもんじゃないってよくわかった。男の子って、ただ、男の子なのだ。それだけ。

食事をする。男の子がおごってくれる。しかも、夜道は危ないからって、アパートまで送ってくれる。そんなことまでしてもらって、わたしにできることは何か？　彼らにしてあげられることは何か？

わたしはひとつしか思い浮かべることができない。

今、わたしのベッドで眠っているのはクラスメイトの男の子だ。上垣くん。下の名前は忘れた。上垣くんは、ぜんぜんわたしの好みじゃない。しかも、きっとどこかで、わたしの噂を聞いたんだろうな。かんたんにやらせてくれるとかなんとか。それで誘ってくれたのはみえみえだった。

酒飲もうぜ、親交深めようぜ、とかなんとか言って彼が連れていってくれたのは、学生街のだるま屋だった。もっとも安い居酒屋だ。白木屋よりつぼ八より安い、汚い店で、女の客なんかわたしひとりしかいなかった。

ビールはぬるいし、サワーは薄いし、つまみはどれもこれもまずい。上垣くんは、焼き鳥と冷や奴を頼んだだけで、それも食べ終わらないうちから、しのちゃんち、いってみたいなあ、どんな部屋なの？なんてそんなことばっかり訊いてきたから、目的はばればれだった。

それでもわたしは上垣くんをうちに連れてきた。どんな部屋なのか見てみたい、と五百回くらい言っていたくせに、玄関に上がりこむなり、部屋も見ずに押し倒してきた。おかげで、電気もつけない暗い台所でやらなきゃならなかった。

台所と、ベッドとで、一回ずつやってから、落ち着いたのか、シャワーも浴びずに上垣くんは眠ってしまった。わたしはまだ眠くないし、見たいテレビもないので、ひまつぶしに上垣くんの鞄をあさった。

教科書が二冊、古びた新書が一冊、まあたらしい単行本が一冊、財布と携帯電話、ハンカチと手帳。それらを床に並べながら、けっこう勉強家なんだ、と思う。新書を手にとって、ぱらぱらとめくってみる。裏表紙を見てみる。上のほうに、鉛筆で２００と数字が書かれている。古本屋で買ったものなのだろう。けれど、そのほかに書きこみはない。伝説の古本ではない。がっかりする。

「そこのところは矛盾しています」

いきなり上垣くんがしゃべったので、おどろいてふりかえる。けれど彼は寝ていた。やけにはっきりした寝言を言う人だ、とおかしくなる。どんな夢を見ているんだろう。何が矛盾しているんだろう。

男の子は、みんなただの男の子だけれど、それでもひとりひとりみんな違う。性行為にいたる手順も違うし、口説き文句も違うし、明くる日の態度も違うし、その後のわたしへの接しかたも違う。あたりまえのことだけれど、ときどきあらためておどろいたりする。好青年もいやなやつも、遊び人もまじめな人も、みんなそれぞれの子ども時代を経てここにいる。似たようなものに熱中し、似たようなものに恋いこがれ、似たような時間を過ごしてきたとしても、それらに対する受け取りかたはみんな違う。さまざまな記憶を、さまざまな引き出しにしまって、大人になっている。

それでわたしは思うのだ。人って記憶で構成されているな、と。

だれかがあるアクションを起こす。何気なく起こしたようなアクションでも、それは過去の記憶が決定している。本人はいろんな選択肢のなかからそのアクションを選んだ気になっているけれど、そうじゃない、選択はずっと昔、とうに成されているんだ。

眠る男の子を見ているといつもそんなことを思う。

とすると、きちんと交際したこともないのに、男の子を次々家に上げてしまうわたしの行動も、ずっと昔、おさないわたしが決定したことなんだろうか。


そんな話を、明くる日の朝、上垣くんにした。

七時過ぎに起きた上垣くんは帰ろうとせず、腹が減ったとうるさいので、近所の喫茶店に連れていった。トーストとゆで卵のモーニングセットを食べながら、わたしは昨日考えたことを話した。

「たしかにおまえは幼少期になんか問題があったんだろう」

したり顔で上垣くんは言う。おまえ、だって。未だにいるんだよな、一回(正確には二回だけど)やっただけでおまえ呼ばわりする男。

「なによ、問題って」

「おれの推測はだな、おまえは両親の愛に飢えていたんじゃないかな。両親はおとうととかいもうとを溺愛していて、おまえにあんまりかまわなかった。それで、おまえ、捨て犬みたいにだれにでも尻尾ふってくっついてっちゃうんだよ」

卵の殻をていねいにむきながら上垣くんは言う。喫茶店の大きな窓ガラスから朝日がさしこみ、上垣くんのむいた殻の欠片を白く光らせている。

「わたし、おとうともいもうともいない。ひとりっこ。溺愛されてた」

うんざりしてわたしは言う。過去の記憶が今を決定している、って、昨日わたしが考えたことは、上垣くんが言うような意味じゃないのだ。

「じゃあきっと、溺愛されすぎてバランスを欠いたんだな。愛がたっぷりないと、不安になる。それで次々男をひっぱりこむ」

「ひっぱりこむっていうか、勝手に上がってくるんだよ」

訂正するわたしをさえぎり、上垣くんは身を乗り出してわたしをのぞきこむ。

「なあ、そういうのさ、もうやめろよ。見てて痛々しいんだよ。おれ、いろんなこと忘れてやるし。これからちゃんとしてこうぜ」

「わたし、あんたみたいな人大っきらい」トーストを飲みこんでわたしは言った。「一回やっただけで彼氏面すんなっての」

上垣くんは目を見開いてわたしを見、なんにも言わずゆで卵を口に押しこんだ。

「救いよう、ねえな」

ゆで卵を口に詰めこんだまま、上垣くんは言った。

こんなやつを家に上げたのは失敗だった、と思うけれど、しかし昨日のわたしには、この人を家に上げない選択肢などなかったように思える。

「それよりさ、上垣くんって古本屋によくいくの」気を取りなおして私は訊いた。

「よくっていうか、べつに」おもしろくなさそうに彼は答える。

「ねえ、裏表紙を開いたところに、いっぱい書きこみがある本、見たことない?」

「あ? 意味わかんねえ」

「だからさあ」

説明しようとしたが、上垣くんは聞いていないように見えた。トーストを無言のまま食べ、コーヒーを飲み干し、

「ほんじゃ、おれ帰るわ」と立ち上がる。「殺されないようにな」さも気の利いた捨てぜりふみたいに言ってのけ、ふりかえらずに喫茶店を出ていった。勘定払うの忘れてるよ、と言う間もなく、ドアを開けて逃げるように出ていった。


伝説の古本のことを教えてくれたのは、塚田さんだった。わたしのアルバイト先である中古CD屋にときどきくる男の人だ。彼の捜していたCDが入ったときに、連絡してあげたのをきっかけに、ときどき食事をするようになった。わたしのアパートに三回ほどきたことがある。

性交を終えてベッドに横たわり、音声を消したテレビ画面を見ながら、塚田さんはぼそぼそとしゃべった。

わたしの通う大学周辺には、古本屋が数軒ある。その本は、そのあたりの古本屋をぐるぐるまわっているらしかった。あまり有名ではない作家の初版本で、その本自体はとくべつおもしろいこともないのだが、裏表紙にびっしりと書きこみがしてある、というのだ。

「いろんな人が書いてるんだけど、何について書いてあるのかわかんないんだ。たとえばね、『夕方六時に、向かいのマンションの明かりが、ぱちぱちと灯る』とか『夏の昼下がり、住宅街の路地でカレーのにおい』とか、そんなようなことがびっしり書かれてるんだよね」

テレビ画面を見ながら塚田さんはぼんやりした声で話し、「あ、煙草吸っていい？」と断ってから、煙草に火をつけた。

「詩じゃないの。短歌かなんかで、あるんでしょ？　ひとりが上の句を作って、次の人が下の句を作るとかって。そういうのじゃないの」

「うーん、詩かなあ。詩っぽくはないんだけどなあ」

「塚田さんは見たことあるの？　その本」

「一回だけある。古書青麟堂ってあるでしょ。きみの大学の、裏門から出て数メートルいったとこ」

「知らないけど」

「あるんだよ。そこでね、三年くらい前に見たな。ほんと、いろんな字でいろんなことが書いてあるんだ。マンションの明かりだろ、それから、路地のカレーと、ああ、『寿司屋の猫は首を撫でるとすぐ腹を出す』ってのもあったな」

「古本買った人が書きこみして、それでまた売ってる、ってだけの話なんじゃないの」

「そりゃあそうなんだろうけど、みんなが何を書いてるのか気になってさ。三年くらい前、最初見たときは、汚い本だな、ってそれしか思わなかったんだよな。もちろん手に取っただけで買わなかったしさ。けど、なんか忘れられないんだ。あれ、なんだったんだろうって思って。あんまり気になって、数カ月後に青麟堂いって捜したんだけど、もうなかったんだよね。以来、ずっと捜してるんだけど、ないんだ」

「だれかに買われて、もうないんじゃない」

「ぼくのともだちが、つい先月、松沢書店で見たって言ってた」

「松沢書店って？」

「しのちゃん、学校全然いってないんじゃない？　青麟堂のずっと先にあるよ。ぼくが思うに、その本はあの古本屋街をぐるぐるまわってる」

「書きこみを増やしつつ？」

「そう。みんなが何について書きこんでいるのかわかったやつが、本を買って、自分も書く。それでまた売る」

塚田さんはわたしより七つ年上だ。わたしの通う大学を卒業し、そのまま学生街に住み続けている。いったことはないけれど、学生のころからの「おんぼろアパート」に住んでいるらしい。ときどきアルバイトをしているほかは、何をしているんだかわたしは知らなかった。

「伝説の古本ってやつだね」茶化して言うと、

「そうなんだ」煙草を灰皿でもみ消して、まじめな顔で塚田さんは言った。

ずいぶんつまんない伝説だね、とは言わなかった。その古本を、というよりも、もっと大切な何かを、塚田さんは捜しているような気がしたから。


三限目が休講になったので、時間をつぶすため、大学付近の古本屋をまわることにした。

大学周辺にある古本屋街は、もともと、戦後の焼け野原に、本を扱う青空市が立ったのがはじめだとどこかで聞いたことがある。裏門から続く細い通りから、路地が放射状に延びていて、古本屋はその一帯にかたまっている。安い定食屋や喫茶店が並ぶ路地が焼け野原だったなんて、とても想像できない。食べるものだって満足になかっただろうに、青空市の本を求めた人たちがいた、ということもまた、想像しにくい。

その光景は想像できないといっても、けれどきっと、青空市は人でにぎわっていたんだろうなとも思うのだ。おなかが空いたってまずしくたって、人は本を必要とする。

そんなことを考えながら、一軒の店先に出たワゴンを検分していると、うしろから声をかけられた。

見知った顔が立っている。語学のクラスが同じ子だ、とすぐわかったけれど、名前が思い出せない。

「休講、まいっちゃうよね」その男の子は言った。

「ああ、ドイツ観念論、とってるんだ」名前が思い出せないまま、わたしは笑う。

「とってるよ、いつもきみの前に座ってるんだけどな」

「大教室だから気づかないよ、そんなの」

「それもそっか。何か捜してるの？」

「時間つぶしなんだけど」

「ふーん、ぼくも」

男の子はそう言って、わたしのとなりでワゴンの中身をのぞきこむ。古びた新書を手にとってばらばらめくり、ワゴンに戻す。このままいっしょに古本屋めぐりをするつもりなのか、それともここで、じゃあねと別れたほうがいいのか、わからずに所在なくその場に立っていた。

「あのさあ、伝説の古本のこと知ってる?」黙ってワゴンをのぞきあっているのも不自然なので、わたしはそう切り出した。

「伝説?」

「うん。なんか、裏表紙に書きこみがいっぱいあるんだって」

「へえ……知らないな。どんな書きこみ?」

「どんな、っていうか。わたしもよく知らないんだけど」

「本の感想とか?」思いのほか興味を持って彼はたずねてくる。

「感想じゃなくて……この話、聞きたい?」訊くと、男の子は真顔でうなずいた。「じゃあ、お茶飲もうか。立ち話もなんだし。ここにいたら商売妨害みたいだし」

「そうだね」男の子はちいさく笑って言う。

わたしたちは古本屋を離れ、くねくねと続く路地を歩いた。路地の先に大通りが見える。歩道に植えられた銀杏の葉は、一枚残らず黄色く染まり、陽射しを浴びて豆電球みたいに輝いている。

古本屋と床屋のあいだで、押しつぶされそうに建つちいさな喫茶店に入った。客はだれもいなかった。私たちは窓際の席に座り、それぞれコーヒーを頼む。

「あのねえ、知り合いに聞いた話なんだけど」コーヒーが運ばれてきてから、わたしは説明をはじめた。意味不明の、詩のような短い言葉。青麟堂の話。塚田さんの知り合いの話。微動だにせず聞き入っている男の子に、「つまんなくない？　こんな話」と訊くと、

「それ、書いてあるのって、いろんな人の記憶じゃないかな」男の子は真顔で言った。

「記憶？」

「一番大切な記憶かもしれないし、もしくは、一番最初の記憶かもしれない」

「なるほどね」わたしは思わず大きな声を出した。住宅街のカレーのにおいとか、腹を出す猫とか、みんな確かに、自分の持っている一番古い記憶を書きこんでいるのかもしれない。「もしくは、その人が一番満たされていたときの記憶とか」

わたしたちは黙ってしばらく顔を見合わせた。

「それさ」わたしが口を開くと、

「見てみたいね」男の子が続けた。

それきりわたしたちはまた黙りこみ、それぞれのコーヒーをぐずぐずと飲んだ。喫茶店は静かで、なかはどんよりと薄暗かった。テーブルには無数の傷があり、窓の外はしらじらと明るかった。隅の黒ずんだ壁に掛けられた時計が、やけに大きい音で秒針を刻んでいた。

わたしと、名前を知らないクラスメイトは、そのときさっと同じことを考えていたんだと思う。もしその本が見つかって、買ったとしたら。なんの本だかわからないけれど、とりあえず読んで、そうしてびっしりいろんな記憶の書かれた裏表紙にたどりついたら。そのとき、自分は何を書くだろう?

というようなことだ。

一番最初の記憶、一番大切な記憶、一番満たされていたときの記憶。一番最初の記憶だったら、わたしの場合、母親の二の腕だ。わたしたちは国鉄駅の待合室にいる。待合室はこの喫茶店みたいに暗く、おもてはぴかぴかと明るかった。わたしの隣に母親が座っていて、ときどき、右手に持ったハンカチでわたしの額の汗を拭いた。そのときちょうど、母親の二の腕が視界をふさいだ。ノースリーブからのびる、白くて、むちっとした二の腕。

一番大切な記憶となると、けれどなんにも思い浮かばない。満たされていたときの記憶となると、もっとわからない。そのことにわたしはびっくりした。見あたらないのだ、大切な時間も、満たされた時間も。見あたらないということは、わたしのなかにそんなものはないということになる。母親の白い二の腕を見つめていたときから、なんにも見ず、なんにも持たずに年だけとって、今、ここに座っているんじゃないか。そう思っているとすうっとこわくなった。好きになるということを知らないまま男の子と眠るということは、ひょっとしたらものすごくさみしい、つまらないことなんじゃないかと重ねて思う。そんなふうに思ったのは、はじめてのことだった。

顔を上げると、向かいの席の男の子も、わたしと同じように、じっと黙って空になったコーヒーカップをのぞきこんでいた。目線を感じたのか顔を上げ、照れたように笑う。

「考えちゃうよね」思わず言うと、

「でも、まだ二十年かそこらしか世界を知らないもん。しかもずいぶんとちっぽけな世界」男の子は言った。

わたしたちは店を出て（お勘定は割り勘にした。そのことに少なからずほっとしていた。男の子がおごってくれたら、お礼に何をすればいいのかまた考えなければならなかったから）、数軒先の古本屋に向かった。それぞれに背を向けて、かたっぱしから本を抜き出し、裏表紙をめくっていった。

四限がはじまる時間はとうに過ぎていたけれど、わたしたちは古本屋に居座って、本の背表紙に手をのばし続けた。古本屋のガラス戸の向こうで、白く光っていた町並みは、ゆっくりと橙色を帯び、ピンク色になった。伝説の本は、そうかんたんには見つからなかった。そのうち、何を捜しているんだかわからなくなった。いつか落っことしてしまった自分の一部を、棚の隙間に捜しているような気にすらなった。

紺に染まったガラス戸に、本を捜す私たちの姿がうっすらと映るようになるころ、私たちはあきらめてその店を出た。

「そんなにかんたんに見つかったら伝説じゃないもんね」自分に言い聞かせるように彼は言う。

「こうやって捜しているうちは見つからなくて、そんなことも忘れちゃったある日、何気なく手にとった本だったりするんだよね」自分をなぐさめるように私は言った。

大学に戻るという彼と、アルバイトにいかなければいけないわたしは、古本屋の前で手をふりあった。

「そうだ、名前教えて」名前を知らなかったことを思いだして私は言った。

「ひどいなあ、知らなかったんだ。サカイ。サカイテツヤ」男の子は言って、大きく手をふった。

焼鳥屋のカウンターに並んで腰掛けた塚田さんに、わたしはサカイテツヤの見解を話した。

「記憶ね、まあ、記憶だとは思うよね。ただなんの記憶かはよくわかんないけどね。たとえばさ、恋人にふられたときの情景の記憶かもしれないし」

「かなしい記憶かもしれないよね」七味をたっぷりふったつくねを食べながらわたしは言う。「でもさ、なんていうか、すごいと思ったんだよ。かなしい記憶かもしれないし、たのしい記憶かもしれないんだけど、とにかく、その本にはみんなのなんかしら心に引っかかってる光景が書かれてる、ってことでしょ。それって人類の記憶の引き出しっていうか」

「人類とはまた、おおげさだなあ」チューハイをすすって塚田さんは笑う。

「うまくいえないんだけど、すごくかなしいときとか、すごくうれしいときとかに、目の前に世界があって、それって世界の切れっ端なんだけど、そのときその人にとっては、その切れっ端が、においも、色合いも、全部完璧だってことだとわたしは思ったわけ。なんかつまんないなあとか思って暮らしてる人のなかに、一個はその完璧なものが残ってる、とも言えるじゃん。それ、すごいと思ったの。だからわたしも、その本を捜してみたいと思った」

「しのちゃんはなんていうか、若いなあ」

「若いよ、塚田さんより、七年も」

焼鳥屋は狭苦しい店で、店じゅうに煙がたちこめている。わたしたちのうしろのテーブル席では、サラリーマンたちが大声でだれかをののしっていた。右隣のカウンター席では、さほど若くないカップルが、低い声で深刻そうな話をしていた。カウンターの内側では、ねじり鉢巻きをした店主が、眉間にしわを寄せてせっせと焼鳥を焼いていた。この人たち全員に、生まれてはじめに記憶した光景があって、泣いたときに見た光景があって、うれしくて飛びあがったときに見た光景があって、なんでもない時間、歯を磨いているときや地下鉄に乗っているときに、ふっとその光景が目の前に広がったりする——と思うと、不思議な気がした。

「見つかったら、教えあおうね」汁気の多いモツ煮込みから具をすくっている塚田さんに言うと、

「いや、内緒にして、自分たちで見つけたほうがいいんじゃないか」塚田さんは真顔で言った。

「そっか、それもそうだね」私は言って、ビールの残りを飲み干した。

その日はいつものとおり塚田さんがおごってくれたのだけれど、わたしは塚田さんを家には連れて帰らなかった。いつものようにうちにこようとしていたらしい塚田さんは、「じゃあね」と駅前で手

をふるわたしを不思議そうに見ていた。「ごちそうさまでした」わたしは頭を下げて、地下鉄乗り場に続く階段を一気に駆け下りた。

りっちゃんが言うところの「すさんだ生活」をやめようと、殊勝な志を抱いたのではない。わたしは捜したくなっていた。大切だと思えるような記憶を。かなしいと思えるような時間を。いろんな人の記憶が書きこまれた本が万が一わたしの手元にきたときに、迷わず書きこめるようなことを。好きでもない人とともに眠り続けることは、わたしをとくべつ傷つけないかわり、わたしをよころばせもしないのだと、もうずいぶん前から気づいていたような気がした。

秋が冷たい空気に吸いこまれるように冬になり、大学は長い長い冬休みに入り、少しずつ陽射しが強さを増して、学内を新入生が埋め尽くすようになった。わたしは大学三年に進級し、塚田さんは警備会社につとめはじめた。去年みたいに、だれでも彼でもを家に連れ帰りはしないけれど、わたしは今もって、やりまんだの男好きだのと陰で言われている。サカイテツヤとは何回か古本屋街で出くわし、何回かいっしょにごはんを食べた。けれどそれだけだ。家に連れてきたこともなく、また彼のアパートに誘われたこともない。

わたしとサカイテツヤは、そうしてたぶん塚田さんも、あいかわらず例の本を捜している。内緒にしているのでなければ、まだそれは見つからない。

きっと一生見つからないんじゃないかと途方もない気持ちになることもあるし、見つかったらどうしようと思うこともある。わたしはまだ、裏表紙に自分も書きこめるような何かを体験してはいないのだ。

そんなことを考えながら、歩き慣れた古本屋街を抜けて校舎へと向かう。二限目のはじまりを告げるチャイムが遠く聞こえる。遅刻は慣れっこだ。急がず歩くわたしの肩を、だれかがたたく。ふりむくとサカイテツヤが息を切らして立っている。

「はじまっちゃうよ、二限」

二限は宗教論で、サカイテツヤはあいかわらずわたしの前に座っている。

「いいよ、べつに」

「今日テストあんの忘れた？」

「えっ、そんなのあったっけ」

サカイテツヤはそれには答えず、わたしの手首をつかんで走り出す。

「いいよ、走んなくて」

「やばいんだって、それ受けとかないと、これからどれだけ授業出てもあぶなくなる」

「何それえ、だいたいなんで四月っからテストなんかやるわけえ？」

前を歩いていた学生が数人ふりむくくらいの大声を出した。照れくさかったのだ、サカイテツヤに手首を強く握られて。寝た男の子の数は十人じゃきかないっていうのに。そんなこと、なんとも思っていなかったというのに。

サカイテツヤはまったく速度をゆるめず走る。引っぱられる格好でわたしもゆるゆると走る。幾軒か古本屋を過ぎ、去年入った喫茶店を過ぎる。路地の向こうに裏門が見えてくる。新入生に呼びかけるサークルの、色とりどりの看板が見えてくる。裏門を囲むように植えられた桜の木々が見えてくる。桜の花びらはゆるやかな風に踊るように舞い、薄緑の葉が出はじめた木々の向こうで青空はくっきりと青く、サカイテツヤのつかんだわたしの手首は熱を持ったように熱かった。サカイテツヤの肩越しにどんどん近づく見慣れた光景に、その一瞬の美しさに、わたしははっと息をのむ。

ミツザワ書店

本が出たら一番最初にだれに伝えたいですか、と言われたとき、思い出したのは、恋人のゆう子でもなく両親でもなく、ミツザワ書店の、背中のまるいあのおばあさんだった。ミツザワ書店のおばあさんですと、しかしぼくは言わず、とりあえず親に、と無難な答えを口にした。

ある文芸雑誌の新人賞に応募したのが去年の春、応募したことすら忘れかけていた今年の夏、サイシュウセンコウに残りましたと見知らぬ人から電話を受け、サイシュウセンコウが最終選考と漢字変換され意味がようやく飲みこめたその二カ月後、受賞が決まりましたとまた見知らぬ人から電話をもらった。

雑誌の編集部に呼び出されて今後のことなどいろいろ打ち合わせをしたのだが、なんだかぜんぜん実感が持てず、授賞式の今日、会場に足を踏み入れて、なんだかとんでもないことをしでかしてしまったんじゃないかと思った。

会場はホテルの広間で、人でごった返していて、ステージがあって、金屛風があって、右側にぼくの席が、左側に選考委員たちの席があり、式がはじまるといっせいにフラッシュがたかれ、うれしいとかやったとかまったく思えず、とんでもないことをしてしまった感はいよいよ強まり、金屏風の前の席で身を縮こませるようにして座り、犯罪者のようにうつむいてスピーチをした。式が終わると、ぼくの前に数人の新聞記者がきて、文学についてだとか、受賞についてだとか、経歴についてだとか、難しい言葉で質問された。ミツザワ書店のおばあさんを思い出させた質問をしたのはそのなかのひとりだ。

授賞式のあとは、結婚式で言うところの歓談タイムになって、場内真ん中に設置されたごちそうをみんな食べはじめているのだけれど、ぼくは見知らぬ人たちに取り囲まれて、名刺をもらったり挨拶したりでごちそうに近づける感じがまったくない。

会場に蛍の光が流れはじめ、さっきまでごちそうを食べ会話していた人たちが、徐々に去っていく。編集者に連れられてぼくは二次会場に向かう。二次会場はこぢんまりとした飲み屋で、またもや見知らぬ人たちに囲まれて、ちいさくなってぼくは酒を飲む。

いつから小説を書こうと思っていたの？　はじめて小説を書いたのはいつ？　どんな小説を読んできたのか？　などと、見知らぬ人たちから次々と訊かれ、ぼくは赤くなってうつむき、もごもごと曖昧に答えてばかりいた。そうしながら、やっぱりミツザワ書店を思い出すのだった。

ミツザワ書店は、ぼくの生まれ育った家の近所にある本屋だった。

退屈な町だった。駅から続く商店街は、三分の一ほどがつぶれ、シャッターが閉まったままになっていた。猥褻な落書きがスプレーで描かれ、だれも消さないまま黒ずんで、自然に消えはじめていた。スーパーもデパートもなく、あるのはコンビニエンスストアに味噌と漬物と野菜を増やしたようなミニマートだった。貸しビデオ屋は三駅先の町までいかなければなかった。電化製品や洋服を買うためには、一時間かけて繁華街までいかなければならなかった。ガラスが埃で汚れた美容院や洋品店は、いつのぞいても人が入っておらず、どのようにして経営が成り立っているのか、子どもながらに不思議だった。

そんな覇気のない商店街の外れに、ミツザワ書店はあった。さほど広い店ではない。軒先には週刊誌と漫画本が並んだ、ごくふつうの本屋である。しかしなかに入ると、倉庫の如く雑然としている。棚に収まりきらない本は床から積み上げられ、平積み用の台にも乱雑に本が積まれている。レジにも本は積まれ、まるで岩壁みたいだった。そうして岩壁の隙間をのぞくと、いつもそこにおばあさんがいた。おばあさんは売りものの本を読み耽っているのがつねだった。

何か買いものをしたいとき、岩壁の隙間に本を置いただけではだめで、「あの、すみません」とかなんとか、何かしら発語しなければおばあさんに気づいてもらえない。

こちらは客なのに、声をかけるとき、いつも読書の邪魔をするばつの悪さを覚えた。

その町の人たちは当然ミツザワ書店のお世話になる。父は『文藝春秋』を、母は『ミセス』という雑誌を、姉は『少女フレンド』や『りぼん』を、ぼくは『小学一年生』や『少年ジャンプ』を定期購読していた。発売日になると、ぼくや姉は本屋にいく。本を読むおばあさんに声をかけ、雑誌名を告げる。おばあさんはあちこちひっくり返してそれを捜す。レジ台からいつも本がばらばらと落ちた。おばあさんが届いたばかりの雑誌を見つけだすまでのあいだ、ぼくはいつも店内をじろじろと眺めまわした。

子どものころのぼくにとって、ミツザワ書店は世界図書館みたいなものだった。世界じゅうのありとあらゆる本がここにはあるんだと信じていた。本という本はそもそも分類や整理をされておらず、育児事典とベストセラーと海外名作全集と古典文学とがごっちゃになって積み上げられ、その隙間にビニールに入ったエロ本があったりした。古いものは埃をかぶり表紙を変色させていたが、おばあさんにとってそんなことはどうでもいいようだった。

定期購読の雑誌ではない本——たとえば宮沢賢治だとかヘミングウェイだとか——を買う場合は、積み上げられた本のなかからそれを捜し出すより、おばあさんに声をかけたほうがはやかった。何々を捜していますと言えば、おばあさんは岩壁の向こうからのそのそと出てきて、まるで犬が嗅覚を頼りに穴を掘るみたいに、ぴたりと立ち止まり本の塔に手を突っ込むようにして、その一冊を取り出してくれる。妖怪みたいだとぼくは思っていた。店を満たす膨大な本の配置は、そっくりそのままおばあさんの頭にあるのだ。

年齢が上になると、ぼくも姉も、それから町の人たちも、ミツザワ書店には寄りつかなくなる。目当ての本はきっとあるのだろうけれど、おばあさんに声をかけるのがいやになるのだ。中学生、高校生は、対面式の店よりスーパーを好むように、ミツザワ書店より繁華街の大型書店を好んだ。

授賞式が終わってしまうと、ぼくの毎日は元の地味な生活に戻った。

新人賞をもらったからといって即作家になれるわけではない。昼間は今までどおり会社にいき、夜、二作目となるべき小説をしこしこと書いた。週末はゆう子がきて、テレビを見ながらゆう子の作った食事をし、いっしょに眠った。

新人賞の賞金は五十万円だった。二十七歳のぼくにとってそれはものすごい大金に思えたのだが、何を買った記憶もないのに一カ月もするとほとんど残っていなかった。

仕事から帰ってきて適当な夕食をすませ、コンピュータに向かって物語の切れっ端と格闘していると、自分が小説なんてものを書き、新人賞をもらったなんて、ぜんぶ嘘だったんじゃないかと思えてくることがある。あの異様に華やかだった授賞式は、シュールな夢だったんじゃないかとすら思える。だいたい、ぼくに小説なんて似合わない。ちいさな印刷会社で働く会社員というほうがよほど似合っている。二作目なんて書けるはずがないし、よもや書けたとしても、さらにその後コンスタントに小説を書き続けるなんてできるわけがない。

もうやめちゃおうか、と思う。五十万円を必死に貯めて、出版社の人に返して、新人賞なんかなかったことにして、書きかけの二作目なんか全文削除してしまおうか。

そんな気分になると、ぼくは自分の小説の載った文芸誌を取りだし、こっそりと眺めてみる。自分の名前やプロフィールを確認してみる。そうすると自動的にミツザワ書店が思い起こされる。薄暗い、本のジャングルみたいなちいさな店と、本の隙間から見えるおばあさんの姿。売りものなのに、なめた人差し指でページをめくる。呼びかけても声がちいさいと気づいてもらえない。

ぼんやり浮かび上がる記憶のなかのミツザワ書店内を、子どものころのように眺めまわしていると、なぜか不思議に気持ちが落ち着く。不釣り合いながら自分は確かに小説を書き上げ、賞をもらったのだと、だれかに認めてもらったのだと思えてくる。

多作でなくてもいい、有名になれなくてもいい、これからずっと小説を書いていこうと思うことができる。

十二月も半ばを過ぎたころ、受賞作が単行本になった。会社の近くの喫茶店で、編集者がそれをテーブルに載せたとき、ぼくは思わず大声で叫びだしそうになった。やった、という気分とはあいかわらずかけ離れた、とんでもないことになってしまった、に果てしなく近い気分ではあったけれど、それだけではない、くすぐったいような、笑い出したいような、とにかく叫ばなければおさまりのつかないような心持ちだった。しかし叫ぶわけにもいかず、奥歯をぎゅっと嚙みしめてこらえなければならなかった。

編集者は二作目の進み具合を尋ねた。ばっちりです、とぼくは答えた。答えながら心の隅で、この正月はミツザワ書店に寄ってみようかと考えていた。

二十七年間の人生で、一度だけ万引きというものをしたことがある。ミツザワ書店でだ。

あまり寄らなくなっていたミツザワ書店に、母に頼まれて出かけていった。ぼくは高校生になっていた。おばあさんはあいかわらず、レジ台に積み上げた本の向こうで、何か熱心に読んでいた。一週間ほど前に母が注文した書名を告げると、おばあさんはまた、あちこちの本をひっくり返しながら捜し出した。おばあさんは、すでに本屋にあるものならば正確に位置を把握しているのに、定期購読の雑誌や、注文した本は、どこに置いたのかなかなか覚えられないのだった。

夏の終わりだった。夏休みはとうに終わったのにまだ蒸し暑く、店内には、冷房がまわるからからという音が響いていた。

台に積まれた本の、一番上に目がいった。箱入りの分厚い本だった。おばあさんが母の本を捜しているあいだ、何気なくそれを手にとって眺めた。箱から引っぱり出し、目次をめくった。長い小説のようだった。

そのとき、なぜかぼくは、強烈にその本に惹かれた。なぜなのかは未だにわからない。タイトルが魅力的だったせいかもしれないし、目次の言葉が印象的だったからかもしれない。読みたいと思った。というよりも、この本を所有したいと思った。服やCDならまだしも、本に対してそんなふうに思うのははじめてだったので、そう思っている自分にびっくりした。

本をひっくり返し値段を見て息をのんだ。一万円近かったからだ。そのころのぼくに買える金額ではなかった。

お待たせ、ありましたよとおばあさんに声をかけられ、ぼくはあわてて本を箱に収め、反射的に本を下のほうに隠した。だれかに買われたくなかったからだ。

母に頼まれた本を買い、家に帰っても、その本のことが忘れられなかった。あの本が自分の本棚におさまるところを幾度も想像したりした。一万円を貯めようと思っていた。

次の週、学校帰りにミツザワ書店に寄った。おばあさんはあいかわらず何かの本を熱心に読んでいる。ぼくは店内を物色するふりをしてあの本を捜した。

下のほうに隠したはずのその本は、またもや積み上げられた本の一番上に出ていた。だれかが買おうとしているんだとぼくは思った。その本を手に取り、さらに下にさしこんで、逃げるように店を出た。

しかし一万円はなかなか貯まらなかった。母に頼めば、ほしいのは本なのだからひょっとしたらぽんと出してくれたかもしれない。けれどなぜか言えなかった。本がほしいなんて、格好つけているみたいでとても言えなかった。

学校帰りにミツザワ書店に寄るのが日課のようになった。不思議なことに、隠しても隠してもその本は目につく場所に並べ替えてある。ぼくと似たようなだれかが、やはりミツザワ書店に日参し、下のほうから引っぱり出して眺め、やっぱり値段に手が届かず、ぽんとそのへんに置いて店を出ている、そうとしか思えなかった。

だれかに持っていかれるくらいなら、盗んでも自分のものにしたかった。そのせっぱ詰まった気分は、今考えると滑稽でしかないのだが、女の子を好きになるのに似ていた。

そうしてぼくは盗んだのだ。

ミツザワ書店から本を勝手に持っていくのは、そう難しいことではなかった。というより、とことんかんたんだった。店の人はおばあさんしかおらず、防犯カメラなんてシロモノがミツザワ書店にあるはずがなく、おばあさんはいつも本の壁の向こうで本を読み耽っているのだから。もし、日本全国万引きしやすい店ベストテン、なんてものがあったとしたら、ミツザワ書店は間違いなくぶっちぎりで第一位だ。

また本の塔の表面に出ているその本を、何気ないふりで手にし、手にしたまま店内をぶらつき、なんでもなかったかのように店を出た。おばあさんは一度も顔を上げなかった。店を出てから足ががくがく震えだした。ぼくは昔から小心なのだ。震える足で家まで走った。夏はすでに去り、空気はずいぶん冷えていたのに、脇の下は汗でびっしょり濡れていた。本を握りしめた手が、やっぱり汗でぬるぬるしていた。本を母に見られないようにして、一目散に自分の部屋に向かった。

制服を着替えもせず、盗んだ本を開いた。読みはじめてすぐに引きこまれた。夕食よ、と母から声をかけられても聞こえなかったくらいだ。食事をしているあいだも、続きを読みたくて仕方なかった。猛スピードで風呂に入り、部屋に戻って本を開いた。盗んだことなんてすっかり忘れていた。

気がついたら、空が白んでいた。すげえ。静まり返った部屋で、ぼくはそれだけつぶやいた。それしか言葉が思いつかなかった。すげえ。すげえ。すげえ。その言葉ばかりくりかえした。自分はほんものの阿呆だなと、すげえとくりかえしながら知った。この本にはこれだけの言葉があふれているのに、それをぼくは、すげえという一言でしか言いあらわせないのだから。

明くる日はほとんど徹夜状態で学校にいった。頭のなかは、読んだばかりの本の言葉があふれかえっていた。しかしそのどれも、だれかが書いた言葉であって、ぼく自身の言葉というのは、あいかわらず、阿呆な一言しかなかった。

その日はミツザワ書店を避けて、遠まわりして帰った。

以来、母親に買いものを頼まれてもミツザワ書店へは決して近づかなかった。そのまま十八歳になり、進学のため都心に出て、正月に帰省しても、もちろんミツザワ書店にはいっていない。盗んだ本は、ずっとぼくの本棚におさまり続けている。

自分にはとうてい不釣り合いな、小説というものを書いてみようと思ったのは、一昨年の暮れだ。なぜなのか、うまく説明できない。ただ、ずっとぼくのなかに、あのときの気分が残っていたのはたしかだ。この本にはこれだけの言葉があふれているのに、それはすべて他人の言葉で、ぼく自身の言葉といったら、何も言っていないに等しい幼稚な一言でしかない、というような気分。自分の言葉で、自分自身の言葉だけで、何かを言えないものか。拙くてもいい、饒舌でなくともいい、何か、何かないか。自分の言葉を捜すようにぼくは文字を書き連ね続けた。

年末も新年も帰省せず、アパートに閉じこもって、書いては消し、書いては消し、まるで水に映った月を掬うようにして書き続け、三カ月半の後、ぼくの言葉はまとまった枚数になった。それが小説といえるのかいえないのかさえもわからないほど、ぼくは小説というものを知らなかった。せっかくこれだけ書いたんだから、という貧乏根性だけで応募したのだった。

新しい年になって三日目、朝から続々と親戚が詰めかける実家を抜け出して、ぼくはミツザワ書店に向かった。財布には盗んだ本の代金を入れ、手にした茶封筒には自分の本を入れて。

十六歳のあの日以来避け続けていたから、ミツザワ書店のある商店街を歩くのは十年ぶりだった。実家の近辺もそうだが、あのころと比べて商店街もずいぶん様変わりした。新築マンションが増え、商店街も少しは盛り返したのか、まだ三が日だというのに閉まっているシャッターは少ない。貸しビデオ屋もコンビニエンスストアもファミリーレストランもある。チェーンの居酒屋も、ゲームショップもあった。かといって、にぎわっているかと言えばそうでもなく、なぜかがらんとした雰囲気は変わらず漂っている。

正月の空は高く、澄んでいる。子どもたちが薄い影を引きずりながら、ゲームショップに駆けこんでいく。煎餅屋は携帯ショップに変わっていた。肉屋は以前と同じ位置にあったが閉まっていた。

ミツザワ書店が近づくに連れどきどきしてくる。シャッターがあいかわらず閉まっているまごころ洋裁店を過ぎ、ハートクリーニングを過ぎ、店先にがちゃがちゃを並べた駄菓子屋を過ぎ、やがてミツザワ書店の看板が見えてくる。すすけて色あせた、黄色地に赤い文字。ああ、あった。なくなっていなかった。自分でも驚くほど安堵していた。

以前とまったく同じ場所にあるミツザワ書店は、シャッターが閉まっていた。そういえば、シャッターの閉ざされたミツザワ書店をぼくは見たことがなかった。ほとんど眠ったような商店街だったが、ミツザワ書店はいつだって開いていたのだ。三が日だからか。明日には開店するのか。黒ずんだシャッターの前に立ち、ぼくは考えを巡らせる。着物姿の女の子たちがぼくの背後を通りすぎていく。彼女たちの手にした破魔矢の鈴が、ちりちりと鳴る。

東京に帰るのは明日の午後だから、明日の朝にまたきてみようか、そう思う一方で、今帰ったらもう二度とここへくる気にはなれないような気もした。

ずいぶん長いあいだぼくはそこに立ち尽くしていたが、思いきって店の裏側にまわった。店の裏側が住居になっていることは前々から知っていた。店の裏手の門についたインターホンを鳴らしてみる。十歳かそこらのころ、住宅街をピンポンダッシュして走りまわったような高揚と緊張を覚える。

返答はない。もう一度押す。門の内側の申し訳程度の庭を、かつてミツザワ書店の店内を眺めたように見渡した。実際庭はちいさな書店内と同じく、雑然としていた。雑草が生い茂り、白いちいさな花が咲き、細いぐみの木や、背の高い柿の木が好き勝手にのびていた。

ドアがゆっくりと開き、ぼくはあわてて視線を戻す。てっきりあのおばあさんがあらわれると思っていたのだが、ドアから顔をのぞかせているのはずいぶん若い女の人だった。怪訝そうな目でぼくを見ている。

「あ、あの、以前こちらでよく買いものをしていた者なんですが」ぼくは急いで自己紹介をした。「ひさしぶりに帰ってきたので寄ってみたんですが、閉まっていたので」

それを聞くと女の人は、口元にゆったりした笑みを浮かべ、ドアから出てきて門を開いた。どうぞ、と手招きをする。

「いえ、あの、すみません、新年にご迷惑かと思ったんですけど、明日帰ってしまうもので」

「どうぞ、おあがりになって」

女の人はぼくに笑いかけた。背を丸めて本を読んでいたおばあさんが笑ったところは見たことがないけれど、笑いかけられ、この人がおばあさんの娘か孫だということがすぐにわかった。どこかなつかしいその笑顔に誘われるように、ぼくは玄関へ続く庭へと足を踏み出していた。

こぢんまりとした居間に通され、ぼくはソファに腰掛けた。ミツザワ書店とは違い、こざっぱりした部屋だった。陽のさしこむ窓に目をやると、埃がゆっくり舞うのがやけにはっきり見えた。女の人は盆に紅茶をのせて、ぼくの向かいに腰掛ける。

「突然すみません」

もごもごとぼくは言った。女の人はぼくの前に紅茶を置く。香ばしいにおいがたちのぼる。

「あの、えーと、おばあさんは元気ですか」

女の人は口元に笑みを浮かべたままぼくを見て、

「他界しました。去年の春です」静かな口調で言った。頬をはられたような気持ちでぼくは女の人を見た。そういえば、玄関になんの飾りもなかったことを今さらながら思い出す。

「家の者は友人の家にいっていて、ちょうど今日は留守で、私もひまだったんですよ」

「えーと、あなたは、おばあさんの」

「孫です。三年前にここに引っ越してきて、この家で両親と暮らしています」

「それであの、ミツザワ書店は」

「祖母が伏せってから、ずっと閉めています。あとを継ぎたいという者がだれもいなくて。もともと儲かるような店じゃなかったし、祖母の道楽みたいなものでしたしね。今は駅の向こうに大型書店もできて、うちが店じまいしてもみなさん困ることもないでしょう」

何か、とてつもない失敗をしでかしたような気になった。自分は凶悪事件の加害者で、警察にいかず被害者の家に自首しにきたような。柱時計の秒針が、やけに大きく耳に響いた。

「じつはお詫びしなきゃならないことがあって今日はここまできたんです」

ぼくはうつむいたまま一気にしゃべった。十六歳の夏の日。秋のはじめの決行。はじめて本読みで夜を明かしたこと。拙い感想。三年前書きはじめた原稿。幾度も書きなおした言葉。とんでもないことになったと思った授賞式。夜襲いかかってくる不安。

単行本と、それを手にして思い出したおばあさんのこと。

「本当にすみませんでした」

ぼくは財布から本の代金を取り出してソファテーブルに置き、深く頭を下げた。呆れられるか、ののしられるか、帰れと言われるか、じっと待っていると、子どものような笑い声が聞こえてきた。驚いて顔を上げると、女の人は腰をおりまげて笑っていた。ひとしきり笑ったあとで、話し出した。

「じつはね、あなただけじゃないの。この町に住んでいた子どもの何人かは、うちから本を持ってってると思うわよ。祖母の具合が悪くなって、それで私たち、同居するために引っ越してきたんだけれど、はじめてあの店を見て、私だって驚いちゃった。持ってけ泥棒って言っているような本屋じゃない。しかも祖母はずうっと本を読んでるし。私も幾度か店番をしたことがあって、何人か、つかまえたのよ、本泥棒」女の人はまた笑い出した。「それだけじゃないの。返しにくる人も見つけたことあるの。

持っていったものの、読み終えて気がとがめて、返しにきたんでしょうね。まったく、図書館じゃあるまいし。こうしてお金を持って訪ねてきてくれた人も、あなただけじゃないの。祖母が生きているあいだも、何人かいたわ。じつは数年前、これこれこういう本を盗んでしまった、って。もちろん、そんな人ばかりじゃないだろうけどね、そんな人がいたのもたしかよ。あなたみたいにね」それから女の人はふとぼくを見て、「作家になった人というのははじめてだけれど」と思いついたようにつけ足した。

「本当にすみません」もう一度頭を下げると、

「見ますか、ミツザワ書店」女の人は立ち上がって手招きをした。

玄関から続く廊下の突き当たりが、店と続いているらしかった。女の人は塗装の剝げた木製のドアを開け、明かりをつける。

本の持つ独特のにおい、紙とインクの埃っぽいような、甘い菓子のようなにおいがぼくを包みこみ、目の前に、あのなつかしいミツザワ書店がそのまま立ちあらわれる。

「店は閉めているけれど、そのままにしているんです。片づけるのも処分するのも面倒だというのが本音ですけど。ほとんど倉庫ですね」

女の人とともに、店内に足を踏み入れた。床から積み上げられた本、平台に無造作に積まれた本、レジ台で壁を作る本、棚にぎゅうぎゅうに押しこまれた本――。記憶と異なるのは光だけだった。ガラス戸から黄色っぽい光がさしこんでいた薄暗いミツザワ書店は、今、蛍光灯ののっぺりした明かりに照らし出されている。

「祖母は本当に本を読むのが好きな人でね。お正月なんかに集まっても、ひとりで本を読んでましたよ、子どもみたいに。読む本のジャンルもばらばら。ミステリーのこともあれば、時代小説のこともあったし、あるとき私がのぞきこんだら、ＵＦＯは本当に存在するか、なんて本を読んでいたこともあった。祖母が祖父と結婚した理由っていうのも、祖父が本屋の跡取り息子だったからなんですって。祖父が亡くなってからは、自分の読みたい本ばかり注文して、片っ端から読んで。売り物なのにね」

女の人は積み上げられた本の表紙を、そっと撫でさすりながら言葉をつなぐ。

「私、子どものころおばあちゃんに訊いたことがあるの。本のどこがそんなにおもしろいの、って。おばあちゃん、何を訊いてるんだって顔で私を見て、『だってあんた、開くだけでどこへでも連れてってくれるものなんか、本しかないだろう』って言うんです。この町で生まれて、東京へも外国へもいったことがない、そんな祖母にとって、本っていうのは、世界への扉だったのかもしれないですよね」

それを言うなら子どものころのぼくにとって、ミツザワ書店こそ世界への扉だったとぼくは思ったけれど、口には出さなかった。そのかわり、棚を見るふりをして通路を歩き、茶封筒から自分の単行本をすばやく抜き取り、塔になった本の一番上にそっと置いた。

「おばあちゃんは本屋じゃなくて図書館で働くべきだったわね」

「でも、それじゃ、すぐクビになっちゃいますよ。仕事を放り出して本を読み耽っちゃうんだから」思わず言うと、女の人はまた楽しそうに笑った。

本で満たされた店内をぼくはもう一度眺めまわす。埃をかぶった本は、すべて呼吸をしているように思えた。ひっそりと、時間を吸いこみ、吐き出し、だれかに読まれるのをじっと待っているかのように。そのなかに混じったぼくの本は、いかにも新参者という風情で、居心地悪そうだった。しかし幸福そうでもあった。作家という不釣り合いな仕事をはじめたばかりのぼくのように。

礼を言って玄関を出た。門まで見送りにきた女の人は、恥ずかしそうにうつむいて、「いつかあそこを開放したいと思っているんです」とちいさな声で言った。「図書館なんておこがましいけれど、この町の人が読みたい本を好き勝手に持っていって、気が向いたら返してくれるような、そういう場所を作れたらいいなって思っているんですよ」

「そうなってほしいと、じつはさっき思っていたんです。楽しみにしています」ぼくは言った。

「今日はどうもありがとうございました」女の人は頭を下げる。

「いえ、こちらこそありがとうございました」

「そうじゃなくて。本、お買いあげいただいて」

女の人はおかしそうに笑った。ついさっきぼくが出した本の代金のことを言っているのだと、わかるのに数秒かかった。すみませんと頭を下げて、ぼくも笑った。

シャッターの閉まったミツザワ書店の前を過ぎる。高く晴れた空の下、ひっそりとした商店街を歩く。数十メートル歩いてふりむくと、記憶のなかのミツザワ書店が色鮮やかに思い浮かんだ。店の前に並べられた週刊誌や漫画、埃で曇った窓ガラス。それはそのまま、未来の光景でもあるんだろう。世界に通じるちいさな扉は、近々きっと開くのだろうから。

不釣り合いでも、煮詰まっても、自分の言葉に絶望しても、それでもぼくは小説を書こう、ミツザワ書店の棚の一部を占めるくらいの小説を書こうと、書き初めに向かう子どものような気分で思う。

顔を上げると、青い空に凧がひとつ浮かんでいた。

# さがしもの

その日のことはよく覚えている。私は中学二年生だった。

学校から帰ると、ダイニングテーブルについた母が泣いていた。ひ、と思った。泣いている母なんて、見たことがなかったから。おばあちゃんね、もうだめなの。もうだめなのよ。母は泣きながら、その場に立ち尽くす私に言った。おばあちゃんというのは母の母である。死んじゃうってこと？　と思ったけれど、口には出さなかった。母をもっと泣かせるような気がして。

おばあちゃんは数週間前に入院していた。四人部屋の、一番奥のベッドだった。ベッドサイドに座ると、すごく広い空が見えた。泣く母を見た次の日から、私は毎日のように病院にいった。たいていは学校帰りにいったけれど、ときどきは学校を抜け出して病院にいった。おばあちゃんはもうじき死んでしまうような人には見えなかったけれど、きっと母の言っていたことは本当なのだろう、面会時間外に病室にいっても、看護婦さんたちはとがめたりしなかった。

午後の早い時間に病院にいくと、母もおばさんたちもきていなくて、おばあちゃんはひとり、ベッドに横たわっている。テレビを見ていることもあれば、隣のベッドの人と話しこんでいるとき

もあった。私を見ると、

「ああ、きたの」とおもしろくなさそうに言って、矢継ぎ早に用を言いつけたりした。

紙パックのぶどうジュースを買ってきて。ゴシップがいっぱいのった週刊誌を買ってきて。これ、入院患者用の洗濯箱に入れてきて。葉書を三枚買ってきて。

用がすんでしまうと、私はベッドサイドに置いたパイプ椅子に腰かけて、おばあちゃんとテレビを見たり、ゴシップ記事ののった雑誌を読んだりし、おばあちゃんが眠ってしまうと、そこで宿題をしたり、窓の外のひろびろとした空を眺めたりした。

「ねえ、羊子、本をさがしてほしいんだけど」

あるときおばあちゃんはそう言った。

「いいよ、何。買ってくる」

「下の売店にはないよ。大きな本屋さんにいかなくちゃないと思うよ」

「わかった。明日放課後いってみる。なんて本？」

おばあちゃんはじっと私を見ていたが、ベッドのわきに置かれた机の引き出しから紙とペンを出し、眼鏡を掛け、なにやら文字を書きつけた。渡されたメモを見ると、私の知らない名前に、私の知らないタイトルが、殴り書きされていた。

「えー、聞いたことないよ、こんな本」私は言った。

「あんたなんかなんにも知らないんだから、聞いたことのある本のほうが少ないだろうよ」

おばあちゃんは言った。こういうもの言いをする人なのだ。

「出版社はどこなの」

「さあ。お店の人に言えばわかるよ」

「わかった。さがしてみるけど」

メモをスカートのポケットに入れると、おばあちゃんは私に手招きをした。ベッドに身を乗り出して耳を近づける。

「そのこと、だれにも言うんじゃないよ。あんたのおかあさんにも、おばさんたちにも。あんたがひとりでさがしておくれ」

おばあちゃんの息は不思議なにおいがした。いいにおいかくさいにおいかと言われれば後者なんだけれど、嗅いだことのない種類のものだった。そのにおいを嗅ぐと、なぜか、泣いている母を思い出すのだった。

おばあちゃんの言葉通り、次の日、私はメモを持って大型書店にいった。そのころはコンピュータなんてしろものはなくて、店員は、分厚い本をぱらぱらめくって調べてくれた。

「これ、書名正しいですか?」店員は困ったように私に訊いた。

「と、思いますけど」

「著者名も?　該当する作品が、見あたらないんですよね」

「はあ」

私と店員はしばらくのあいだ見つめ合った。見つめ合っていてもしかたない、ひとつお辞儀をして私は大型書店を去った。


「おばあちゃん、なかったよ」

そのまま病院に直行して言うと、おばあちゃんはあからさまに落胆した顔をした。こちらが落ちこんでしまうくらいの落胆ぶりだった。

「本のタイトルとか、書いた人の名前が、違ってるんじゃないかって」

「違わないよ」ぴしゃりとおばあちゃんは言った。「あたしが間違えるはずがないだろ」

「だったら、ないよ」

おばあちゃんは私の胸のあたりを見つめていたが、

「さがしかたが、甘いんだよ」すねたように言った。「どうせ、一軒いってないいって言われてすごすご帰ってきたんだろ。店員も、あんたとおんなじような若い娘なんだろ。もっと知恵のある店員だったらね、あちこち問い合わせて、根気よく調べてくれるはずなんだ」

そうしてふいと横を向き、そのままいびきをかいて眠ってしまった。

私はメモ書きを手にしたまま、パイプ椅子に座って空を見た。季節は冬になろうとしていた。空から目線を引き下げると、バス通りと、バス通りを縁取る街路樹が見えた。木々の葉はみな落ちて、寒々しい枝が四方に広がっている。

すねて眠るおばあちゃんに視線を移す。私の知っているおばあちゃんより、ずいぶんちいさくなってしまった。それでも、もうすぐ死んでしまう人のようにはどうしても見えない。また、もうすぐ死んでしまうのだと思っても、不思議と私はこわくなかった。きっと、それがどんなことなのか、まだ知らなかったからだろう。今そこにいるだれかが、永遠にいなくなってしまうということが、いったいどんなことなのか。

その日から私は病院にいく前に、書店めぐりをして歩いた。繁華街や、隣町や、電車を乗り継いで都心にまで出向いた。いろんな本屋があった。雑然とした本屋、歴史小説の多い本屋、店員の親切な本屋、人のまったく入っていない本屋。しかしそのどこにも、おばあちゃんのさがす本はなかった。

手ぶらで病院にいくと、おばあちゃんはきまって落胆した顔をする。何か意地悪をしているような気持ちになってくる。

「あんたがその本を見つけてくれなけりゃ、死ぬに死ねないよ」

あるときおばあちゃんはそんなことを言った。

「死ぬなんて、そんなこと言わないでよ、縁起でもない」

言いながら、はっとした。私がもしこの本を見つけださなければ、おばあちゃんは本当にもう少し生きるのではないか。ということは、見つからないほうがいいのではないか。

「もしあんたが見つけだすより先にあたしが死んだら、化けて出てやるからね」

私の考えを読んだように、おばあちゃんは真顔で言った。

「だって本当にないんだよ。新宿にまでいったんだよ。いったいいつの本なのよ」

本が見つかることと、このまま見つけられないことと、どっちがいいんだろう。そう思いながら私は口を尖らせた。

「最近の本屋ってのは本当に困ったもんだよね。少し古くなるといい本だろうがなんだろうがすぐひっこめちまうんだから」

おばあちゃんがそこまで言いかけたとき、母親が病室に入ってきた。おばあちゃんは口をつぐむ。母はポインセチアの鉢を抱えていた。手にしていたそれを、テレビの上に飾り、おばあちゃんに笑いかける。母はあの日から泣いていない。

「もうすぐクリスマスだから、気分だけでもと思って」母はおばあちゃんをのぞきこんで言う。

「あんた、知らないのかい、病人に鉢なんか持ってくるもんじゃないんだよ。鉢に根付くように、病人がベッドに寝付いちまう、だから縁起が悪いんだ。まったく、いい年してなんにも知らないんだから」

母はうつむいて、ちらりと私を見た。

「クリスマスっぽくていいじゃん。クリスマスが終わったら私が持って帰るよ」

母をかばうように私は言った。おばあちゃんの乱暴なもの言いに私は慣れているのに、もっと長く娘をやっている母はなぜか慣れていないのだ。

案の定、その日の帰り、タクシーのなかで母は泣いた。またもや私は、ひ、と思う。

「あの人は昔からそうなのよ。私のやることなすことすべてにけちをつける。よかれと思ってやっていることがいつも気にくわないの。私、何をしたってあの人にお礼を言われたことなんかないの」

タクシーのなかで泣く母は、クラスメイトの女の子みたいだった。母の泣き声を聞いていると、心がスポンジ状になって濁った水を吸い上げていくような気分になる。

あああ、と私は思った。これからどうなるんだろう？　本は見つかるのか？　おばあちゃんは死んじゃうのか？　おかあさんとおばあちゃんは仲良くなるのか？　なんにもわからなかった。だって私は十四歳だったのだ。

クリスマスを待たずして、おばあちゃんは個室に移された。点滴の数が増え、酸素マスクをはめられた。それでも私はまだ、おばあちゃんが死んでしまうなんて信じられないでいた。病室では笑っている母は、家に帰ると毎日のように泣いた。おばあちゃんが個室に移されたのは、私が鉢植えを持っていったからだと言って泣いた。

その年のクリスマスは冷え冷えとしていた。私が夏から楽しみにしている母のローストチキンは黒こげで食べられたものではなかったし、ケーキに至っては砂糖の量を間違えたのかまったく甘くなかった。クリスマスプレゼントのことはみんな忘れているようで、私は何ももらえなかった。

そうして例の本も、私は見つけられずにいた。

クリスマスプレゼントにできたらいいと思って、私はさらに遠出をして本屋めぐりをしていたのだが、そのなかの一軒で、年老いた店主が、たぶん絶版になっていると教えてくれた。昭和のはじめに活躍した画家の書いた、エッセイだということも教えてくれた。それで、それまで入ったこともなかった古本屋にも、足を踏み入れていたというのに。

黒こげチキンの次の日、冬休みに入っていた私は朝早くから病院にいった。見つけられなかった本のかわりに、黒いくまのぬいぐるみを持っていった。

「おばあちゃん、ごめん、今古本屋さがしてる。かわりに、これ」

おばあちゃんはずいぶん痩せてしまった腕でプレゼントの包装をとき、酸素マスクを片手で外してずけずけと言う。

「まったくあんたは子どもだね。ぬいぐるみなんかもらったってしょうがないよ」

これにはさすがにかちんときて、個室なのをいいことに、私は怒鳴り散らした。

「おばあちゃん、わがままスぎるっ。ありがとうくらい言えないのっ。私だって毎日毎日本屋歩いてるんだから。古本屋だって、入りづらいのにがんばって入ってるんだから。古本屋に私みたいな若い子なんかいないのに、それでも入ってって、愛想の悪いおやじにメモ見せて、がんばってさがしてるんだからっ。それにっ、おかあさんにポインセチアのお礼だって言いなよっ」

おばあちゃんは目玉をぱちくりさせて私を見ていたが、突然笑い出した。私の覚えているよりは数倍弱々しい笑いではあったけれど、それでもすごくおかしそうに笑った。

「あんたも言うときは言うんだねえ。なんだかみんな、やけにやさしいんだもん、調子くるってたの。美穂子なんかあたしが何か言うと目くじらたてて言い返してきたくせに、やけに素直になっちゃって」

美穂子というのは私の母である。外した酸素マスクをあごにあてて、おばあちゃんは窓の外を見て、ちいさな声で言った。

「あたし、もうそろそろいくんだよ。それはそれでいいんだ。これだけ生きられればもう充分。けど気にくわないのは、みんな、美穂子も菜穂子も沙知穂も、人がかわったようにあたしにやさしくするってこと。ねえ、いがみあってたら最後の日まで人はいがみあってたほうがいいんだ、許せないところがあったら最後まで許すべきじゃないんだ、だってそれがその人とその人の関係だろう。相手が死のうが何しようが、むかつくことはむかつくって言ったほうがいいんだ」

おばあちゃんはそう言って、酸素マスクを口にあてた。くまのぬいぐるみを、自分の隣に寝かせて、目を閉じた。くまと並んで眠るおばあちゃんは、おさない子どもみたいに見えた。

おばあちゃんは、翌年になってから死んだ。眠るように死んだ。クリスマスからずっと隣に寝かせていたぬいぐるみは、おばあちゃんの棺のなかに入れられた。おばあちゃんといっしょに煙になって空にのぼっていった。

そうして私は、ついに本を見つけることができなかったのだ。お通夜の夜も、告別式の日も、私は泣かなかった。おばあちゃんが死んでしまってさえ、死んだなんて信じられなかったのだ。親戚のだれかが、泣かない私を見て何か言っていたのは知っている。あんなに毎日病院にいっていたのに、涙ひとつこぼさないなんて、強い子だとかなんとか。

私は強くなんかない。ただおばあちゃんが死んだことを信じていないだけだ。だって、私はまだあの本を見つけていないんだから。私が見つけなきゃ、死ぬに死にきれないっておばあちゃんは言っていたんだから。

それで、その後も私はあの本をさがし続けた。学校が終わると、電車に乗って知らない町を目指して、降りたことのない駅で降りて本屋か古本屋をさがす。おかげでめっきり友達が少なくなってしまった。部活も入っていないし、放課後のおしゃべりにも加わらないから。けれど、さがすのをやめるわけにはいかなかった。

本は見つからないまま、私は中学三年生に進級した。

春の夜だった。私の部屋の窓からは、通りに植えられた桜がほんの少しだけ見える。街灯に照らされて、花びらは白くしんと動かない。受験勉強に飽きて夜の桜を見るともなく眺めていると、肩を叩かれた。びっくりしてふりむくと、おばあちゃんが立っているのでもっと驚いた。ぎょえ、と声を出してしまったくらいだ。

「ぎょえ、じゃないよまったく。本はどうなったのさ」

おばあちゃんはあいかわらずの口調で言った。棺のなかで着ていた白い着物ではなくて、私がちいさいころによく着ていた、深緑の着物を着ていた。驚きのあまりなんにも言えない私をのぞきこんで、おばあちゃんはにやにやと笑う。

「言っただろ、見つけなければ化けて出るって。見つかったのかい」

私は首を横にふった。おばあちゃんはため息をつき、私のベッドに腰掛けた。ベッドに腰掛ける幽霊。

「おばあちゃん、けど、なんでその本をそんなに一生懸命さがしているの」

私は言った。

「なんでって、読みたいからさ。それだけだよ」

「おばあちゃん、幽霊になったらあちこち移動できるんでしょ、自分でさがしたらどうかな」

ふつうに会話ができると、驚きも恐怖心もみるみるうちにしぼんだ。幽霊がこわいのはきっと知らない人だからだ。見知った人なら、幽霊だって妖怪だってこわくないものらしい。

「あのね、なんであたしが幽霊になってまで本屋にいって棚をのぞかなきゃなんないの。そういう七面倒なことは、生きている人間のやることだよ」

「そりゃそうかもしれないけど……」

おばあちゃんはベッドに腰掛けて窓の外をじっと眺めていた。目線の先を追うと、街灯に照らされた桜があった。

「桜はいいねえ」しみじみと言う。

「おばあちゃん、あの、死ぬのこわかった?」

私は思いきって訊いた。おばあちゃんは私を見、

「こわいもんか」と胸をはった。「死ぬのなんかこわくない。死ぬことを想像するのがこわいんだ。いつだってそうさ、できごとより、考えのほうが何倍もこわいんだ」

「じゃあさ、あの……」

なおも質問を続けようとすると、おばあちゃんはすっと立ち上がった。

「あんまり無駄口叩いてると叱られるんだ。目をつけられたらあんたんとこにこられなくなる。本、くれぐれもよろしく頼んだよ。また様子見にくるから」

そう言い残し、窓を開けて桟をよたよたとまたぐ。あっ、と思ったときにはおばあちゃんは消えていた。おばあちゃんの消えた窓の外、白い桜と、濃紺の夜空があった。

おばあちゃんの突然の訪問は、私が高校三年生になるまで続いた。高校の三年間は、本当にいろんなことがあった。

クラスメイトを好きになった。

告白をした。

交際をはじめた。

初キスをした。

一カ月後、ふられた。

亀山寛子という友達ができた（亀山寛子は本さがしをときどき手伝ってくれた）。

受験生になった。

進路を決めなきゃならなくなった。

そしてこれが一番私にとって大きい事件だったのだが、父と母が別れた。

高校三年生の夏休み、私と母は、それまで住んでいた家の近所のマンションに引っ越し、父は都内に引っ越していった。

その、あまりにもさまざまなことが起こった三年間、私はずっと、おばあちゃんの言ったことを胸のなかでくりかえしていた。いつだってできごとより、考えのほうがこわい。本当にそうなような気がした。ふられることより、ふられるかもしれないと思うことのほうがこわかったし、実際に母との暮らしがはじまるより、父と母が別れたらどうなるんだろうと考えているときのほうが私はこわかった。できごとは、起こってしまえばそれはただのできごとなのだ。

夏が去って、受験色に染まった二学期がはじまり、ゆっくりと秋になっていくころには、私は自分の毎日に追いつくのに必死で、例の本のことを半ば忘れていた。本をさがして知らない町にいくこともなくなっていた。亀山寛子と話すのは、受験のことばかりになった。

深夜、静まり返った自分の部屋で受験勉強をしていて、そういえば、このところおばあちゃんがあらわれないと気がついた。おばあちゃんが最後にこの部屋にきたのはいつだったろう？　父が出ていくより前か、それとも母との暮らしがはじまってからか。そんなことも思い出せなかった。

ひょっとして、おばあちゃんの幽霊は、本をさがせなかった私の罪悪感が見せた幻想だったのかもしれないと私は思った。あるいは、私はいつのまにか大人になってしまっていて、目に見えるものしか、もはや見ることはできないのかもしれない、とも思った。

新しい年がまたやってきて、その冬の終わり、私は志望大学に合格した。おばあちゃんはあいかわらずあらわれず、私は本さがしをすることもなく、母も私も二人きりの暮らしに慣れはじめていた。おばあちゃんは記憶のなかにゆっくりと沈殿していった。

大学三年生のときだった。ゼミのための教材をさがしに入った大学の近くの本屋で、ちいさく名前を呼ばれたような気がした。私は足を止め、ふりかえる。本屋のなかには数人の学生が棚を物色しているが、見知った顔はない。気のせいかと視線を戻しかけたとき、平積みにされた本の表紙が目に飛びこんできた。

そこに記されたタイトルと著者名が、かつて私が何日も何日もさがし続けていたものだと気づくまで、数秒かかった。

「あっ」

メモに書かれたおばあちゃんの字と、その書名が頭のなかでぴったり重なり合ったとき、私は思わず声を出していた。本を手にとる。まじまじと表紙を見る。

「幻のエッセイ、ついに復刊」と、帯にあった。奥付を見ると、親本の初版は昭和二十五年とある。それが今年になって復刊の運びとなったらしかった。

「これだよ」

私は本を胸に抱いて顔を上げ、書店じゅうを見まわした。おばあちゃんがまたあらわれるのではないかと思ったのだ。今ごろ見つけだしたの。まったくあんたは愚図なんだから。そんな憎まれ口をききながら。

けれど、午後の日がさしこむ本屋に幽霊はいなかった。あらわれる気配もなかった。まじめそうな学生がたくさんの本を抱えてレジに向かい、手をつないだカップルが新刊コーナーをのぞきこみ、奇抜な格好をした女子学生が芸術書の棚を眺めている。ガラス窓の外には、いつもと変わりない日常が陽にさらされて進行している。


大学を卒業後、私は都内のちいさな本屋に就職した。世のなかはまだ景気のよさが名残のように漂っていて、就職は売り手市場だった。クラスメイトの多くは、大手の広告代理店や出版社に入社した。初任給がアルバイトとほとんど変わらない、名もない本屋に就職したのは私くらいだった。それでも私は決めていたのだ。本屋で働こうと。それも、さほど大きくない、お客さんの声が店員に届くような本屋で。

もうすぐ私は三十歳になる。私の勤める本屋は、幾度かの経営不振を乗り切りつつも、なんとか経営を続けている。給料はあいかわらずアルバイトに毛の生えた程度だが、私は顧客サービス係の主任になった（名札には、ブック・コンシェルジェと店長が苦心の末考え出したとんでもない肩書きがついている）。本をさがして来店するお客さんに、目的の本をさがしたり、取り寄せたり、調べたり、関連本を見つけたりするのが、私の主な仕事である。

書名と著者名、出版社をはっきり覚えて本屋にくる人は案外少ない。「結婚式のスピーチができるだけたくさんのっている挨拶集がほしい」なんてのはまだいいほうで、「犬が出てくる話で、最後はみんな抱き合って泣くような小説なんだけど」とか、「昔読んだんだけれど、雨や雪をワンピースに縫いこむ絵本をさがしている」とか、ときどきは、「十二歳のとき離れてしまった、現在二十歳の娘に本を贈りたいので何か選んでほしい」なんて要望もある。その都度、私はコンピュータと人脈を駆使して、彼らがさがしている本を見つけだす。

コンピュータ。そう、今はそんなものもあるのだ。書名と著者名を打ちこめば、それが絶版になっているかどうかもわかる。本屋としてはあまり喜ばしくないが、コンピュータで本を買うことだってできる。おばあちゃん、もう少し長生きしていれば、あなたがあんなにもさがしていた本を届けることができたかもしれないよ。ときどき、私はそんなことを思う。

おばあちゃんがなぜあの本をさがしていたのか、私は知った気がしている。大学生のとき、復刻版を手にしてから、毎晩私はそれを読んだ。日本ではちっとも名が売れず、四十歳のときフランスに渡りようやく芽が出たものの、十年もせず亡くなってしまった画家の、それは日々雑記のような本だった。日本での日々、フランスでの日々。幼いころに見た光景、とうに亡くなった母親の面影、フランスで一番最初に食べた料理。

このなかに、『定食屋の娘』という短いエッセイがある。太平洋戦争がはじまるずっと前の話らしい。著者の下宿のそばに、なんの変哲もない定食屋があって、そこが驚くほどまずい。まずいのだが、この店の、十八にもならない娘がときどき店に出て手伝っていることがある。著者は、この娘見たさにまずい定食屋に通うのである。

もも色の頰、いつも濡れたような薄茶色の瞳、文句ありげにいつも尖らせている唇、髪の毛が少ないせいで針金みたいに細い三つ編み、ひまなとき彼女が何気なく歌っているちいさな鼻歌、気取りのない定食屋夫婦とのやりとり。

　画家の文章は、読んでいる私にくっきりとした光景を見せる。そうとは気づかず自らの若さをはじけるくらい表出している娘、若さが見せる不思議な美しさと安心感。飾り気のない定食屋家族の、独特の温度。薄暗く静かな、これから起こるだろういっさいの悲惨も暗澹も、やんわりと、しかし頑として受けつけないような店の内部。何も損なうことなく永遠にそこにあり続けるような、一瞬の光景。そんなものが、見るものを釘付けにする絵画のように、私のなかに浮かび上がった。

　そうして私は思ったのだ。この定食屋の娘は、おばあちゃんに違いないと。おばあちゃんの両親は、父親が戦争で亡くなるまで実際定食屋を営んでいたらしい。戦後、おばあちゃんが警察官のもとに嫁いだのをきっかけに、おばあちゃんの母親は定食屋をたたみ、自宅で裁縫を教えていたと、いつか聞いたことがある。

　おばあちゃんは昭和二十五年に出たこのエッセイを、読んだことがあったのかなかったのかはわからない。読んで、自分のことが書かれていると気づいたかもしれないし、あるいはだれか他人から、そんな話を聞いたのかもしれない。どちらにしてもおばあちゃんは、病院のベッドに寝そべって、絵画のように切り取られた若き日の自分を見てみたかったに違いない。画家が活字で切り取った、永遠にそこにあり続ける十代の自分と、家族と家を。

大学のそばの本屋で、私はその本を三冊買った。一冊は実家の仏壇に、一冊は本棚に、一冊はいつでも開けるよう机の上に置いてある。おばあちゃんの幽霊はあいかわらず影もかたちもあらわれないが、きっと、よくやったと言ってくれたと思う。天国があるなら天国で、ないならきっと桜の見える私のベッドに腰掛けて、長いこと待たされた本のページをくりかえし手繰っているだろうと思う。

母は五年前に再婚した。父から連絡はないが、たぶん再婚して幸せに暮らしていると思う。私は幾度か恋をして、うまくいったりいかなかったりした。亀山寛子は三年前に結婚して、今は一児の母である。ときどき子連れで私のアパートに家出してくる。

あいかわらず、いろんなことがある。かなしいこともうれしいことも。もうだめだ、と思うようなつらいことも。そんなときさまって私はおばあちゃんの言葉を思い出す。できごとより考えのほうがこわい。それで、できるだけ考えないようにする。目先のことをひとつずつ片づけていくようにする。そうすると、いつのまにかできごとは終わり、去って、記憶の底に沈殿している。

今、私は都内のアパートに住んでいて、八時半に家を出る。三十分で職場につく。本屋の開店は十時だ。狭いロッカールームで制服に着替え、ブック・コンシェルジェという気恥ずかしいバッジを胸につけ、相談カウンター（ここにも「ブック・コンシェルジェ」の立て札が立っている）に座り、予約状況と取り寄せ状況をチェックする。問い合わせリストの上から順に電話をかけていく。そうこうしているうちに、十時になる。シャッターが自動で開き、ちらほらとお客さんが店内に足を踏み入れる。

セーラー服を着た女の子が、おどおどした足取りで棚のあいだを移動しているのが目に入る。その子は手にした紙片と書棚を交互に見つめている。私は席を立ち、ゆっくりと女の子に近づく。

「何かおさがしですか?　いっしょにさがしますよ」

女の子はほっとした顔で私を見る。おずおずと紙切れを差しだす。聞いたことのない書名と著者名。出版社は書かれていない。

「だいじょうぶです、かならず見つけます。調べてみるので、少しお待ちくださいね」

私は言って、紙片を手にカウンターへ向かう。きっと見つけられる、きっとあの子に届けられる、かげながら手伝ってよね。カウンターの椅子に座るとき、私はいつも、そっとおばあちゃんに話しかけている。

# 初バレンタイン

人に本を贈るのはむずかしい。とくに、好きな人に贈るのは。

中原千絵子には、しかしどうしても贈りたい本があった。相手は田宮滋、二カ月前に交際をはじめたばかりの男の子だった。田宮滋は大学の一学年下だが、中原千絵子は一浪しているので、年は二つ下になる。

中原千絵子にとっては、二十三年間の人生ではじめてできた恋人である。

今年のバレンタインは、だから気合いが入っていた。何しろ、もう突き返されることはないのである。受け取られたものの、「いやあ、あのう……」と口ごもられることもないのである。堂々とチョコレートを贈ることができるのも、中原千絵子にははじめてのことだった。

チョコレートだけじゃ芸がない、と中原千絵子は考えた。何かもうひとつ贈りたい。それにはあの本しかない。

あまり名を知られていない作家の、さらに知られていないデビュー作である。書店で見かけることは少ないが、絶版にはなっていない。注文すれば届くだろう。

この本を、中原千絵子は中学三年生のとき読んだ。読み終えて、神さまありがとうとまず思った。神さま、この本が世界に存在することに感謝します、と。この本が存在するのとしないのとでは世界はだいぶ違うだろうと中原千絵子は考えた。そうして、二十三歳になった今も、この本に出会うか出会わないかで私もだいぶ違っただろう、と思うことがある。

はじめての恋人に、だから中原千絵子はその本を贈りたかった。

チョコレート屋の下見をするより先に、中原千絵子は書店にいった。注文カウンターで書名を告げると、一週間ほどで届くという。

わくわくした気持ちで書店を出、そうして中原千絵子はふと不安になった。

本なんか贈って暑苦しいと思われないだろうか。読め、と言ってるようなものだし。世界観を押しつけるみたいにとられないだろうか。それに、もし田宮滋がこれを読んでもなんにも感じなかったらどうしよう。

ぐるぐるといろんなことを考えているうち、本を贈るのは得策ではないような気がしてきた。ま、いいや。けれど中原千絵子は心のなかでつぶやいて、空を見上げる。曇りガラスのような空だった。会話しながら行き交う人の息が白い。中原千絵子はコートのポケットに手を入れて歩きはじめる。ま、いいや。バレンタインまではあと二週間ある。本を贈りたくなくなったら自分の手元に置いておけばいいだけの話だ。中原千絵子は軽い足取りで駅へと向かう。

デパートの地下にチョコレートの売場ができている。有名店が軒並みショーケースを出している。

満員電車並みの混みかたである。中原千絵子は、もっと早くにチョコレートを買っておかなかったことを後悔しながら、ひとつ大きく息を吸い、その混雑に身を投じた。

生チョコ、トリュフ、ウィスキーボンボン。人の合間から中原千絵子は必死に首を突き出して、おいしそうでパッケージが洒落ているチョコレートを捜す。足を数回踏みつけられ、後ろへと押し戻され、それでも中原千絵子は果敢にショーケースに顔を近づけた。

これにしよう、とようやく決めて、せわしなく動きまわる店員に、「すみません」と声を出す。だが店員は気づかない。「すみませーん」もっと大きな声を出す。しかしその声は真ん前に陣取った中年女性の「試食はさせてくれないのぉ?」という怒鳴り声にかき消される。

すみません、あの、チョコレート……叫びながら、気がついたら中原千絵子は女たちに押し出される格好で、通路にぽつんと立っていた。

べつの店のショーケースにも近づいてみたが、しかし同じことだった。だんだん、むかっ腹がたってきた。チョコレートなんか買ってやるもんか、ばかばかしい、と中原千絵子は心中で悪態をついた。だいたいなんでバレンタインはチョコレートなの。チョコレート会社が作り上げたブームじゃないの。

中原千絵子はどすどすとフロアを踏んで人混みを離れた。チョコレート売場に比べたら嘘みたいに空いている漬物売場に移動して、ふりかえる。チョコレートを買い求める女たちの群れが遠くにある。

みんな必死の形相だけれど、なんだか楽しそうに見えた。しあわせってこういうことだとあやうく思いそうになる。中原千絵子はあわててチョコレート売場に背を向けた。しあわせからはじき飛ばされたような心持ちになり、地下食料品売場をずんずん横断して、チョコレート売場から遠ざかる。

二月十四日当日。結局、中原千絵子はチョコレートを用意できなかった。

コンビニエンスストアで買うのはなんだか嫌だったし、手作りというのも重苦しいような気がして嫌だったし、中原千絵子が買いたいと思うチョコレートを売る店は、ことごとく殺人的に混んでいた。

渡すものは本しかなかった。本を注文したときに思い悩んだあれこれにいったん蓋をして、中原千絵子は本をきれいにラッピングした。はじめてのバレンタインにチョコレートではなく、自分の一番好きな本を贈るなんて、すてきじゃないの、と待ち合わせ場所に向かいながら、自分に言い聞かせるように思った。駅まで歩き、定期券で改札を抜け、走りこんできた電車に乗るころには、好きな人に好きな本を贈れることが、最高にすばらしいことのように、中原千絵子には思えてきた。

待ち合わせ場所は新宿の喫茶店だった。喫茶店はカップルで混んでいた。田宮滋はまだきておらず、空いている座席はない。しかたなく中原千絵子は店の前に並んだ椅子に腰掛けて、テーブルが空くのを待った。

テーブルが空くより先に田宮滋があらわれる。ニットキャップをかぶって、もこもこしたダウンジャケットを着て、中原千絵子に気づかずこちらに向かって歩いてくる。その姿を見て、中原千絵子はどぎまぎする。なんてかっこいい男の子だろう、と思う。なぜあんなかっこいい男の子が私のことを好きだと言ってくれたんだろう、とも。彼はこの本を読んでなんと言うだろう。どの部分に感動するだろう。中原千絵子はラッピングした本の入ったバッグを、強く握りしめる。

テーブルが空いていないことを知ると、じゃあお茶はあとで飲もうと田宮滋は提案する。それでふたりは喫茶店を離れ、駅にほど近いファッションビルをぶらぶらと歩く。田宮滋はごくごく自然に、男物の服を売る店に入ったり、CD屋に入って試聴をくりかえしたりする。中原千絵子はそんな田宮滋を、尊敬のこもったまなざしでちらちらと盗み見る。

中原千絵子は、そんなふうに自然に、女の服を売るテナントに入ったり、CDを試聴したり、できない。ひとりならまだしも、田宮滋連れでそんなことはできない。自分が服を見ているあいだ彼を待たせるのも嫌だし、CDの趣味がへんと思われても嫌だし、ヘッドホンを間違えて装着してだせえやつ、と思われるのも嫌だ。そうしてもちろん、中原千絵子は自意識過剰なそんな自分が一番嫌だった。

おれ、自分のばっか見てるよね、ごめん、と田宮滋は言う。それで中原千絵子はあわててアクセサリー屋に入ってみる。ショーケースに覆いかぶさるようにして、見たくもないアクセサリーを眺め、あれかわいい、なんて言ってみたりする。すると店員が、お試しになりますかと、中原千絵子が指した指輪をショーケースから出してしまう。うん、いいじゃん、と隣で田宮滋が言う。はめてみ、と言う。中原千絵子はそれを指にはめてみる。指輪につけられたちいさな値札を、中原千絵子と田宮滋は目にして絶句する。十八万七千円と書かれていた。

まるで押し売りか何かのように、プレゼントですか？　と店員は田宮滋に強く言う。プレゼントしようか、と困ったように田宮滋は中原千絵子に訊く。いいよ、そんなの、それにこれ、私の指にはなんか似合わない。中原千絵子はあわてて言うが、いいえ、とってもお似合いになりますよ、ねえ？　すてきですよねえ？　ダイヤが目立つようにシンプルなデザインなんですよ、それにこのお値段でダイヤって他ではあり得ないんですよね、店員は田宮滋にとうとうと話し出す。

ガラス玉だと思ったらダイヤだったのか、と中原千絵子はどぎまぎと思う。なんだか自分がいやしくねだっているような錯覚を覚え、そろそろと指輪を指から引っこ抜く。その手を制し、店員は再度指輪を中原千絵子の指にさしこむ。この期間でしたら、裏にお名前を彫るサービスをしているんですよ、お客さまは指がすらりと長いからとってもお似合い、ねえ？　と店員は田宮滋になおも言う。そんな度胸試しみたいなセールスはやめてくれと、中原千絵子は心の内で叫ぶ。

この異常な事態にどう収拾をつければいいのかと中原千絵子が考えあぐねていると、じゃあそれ、くださいと田宮滋が言い、ぎょっとして中原千絵子は彼を見上げる。田宮滋は弱々しい笑顔で中原千絵子を見おろし、プレゼント、とつぶやいて目をそらす。田宮滋が財布からクレジットカードを取り出すのを、悪夢を見るような気分で中原千絵子は見つめる。

二人はしょんぼりとファッションビルを出た。帰りたい、と中原千絵子は思っていた。ひとりでさっさと帰って、ちいさな自分のアパートで、ココアをていねいに入れて、ひとりきりで好きな本を読みたい、と猛烈に思う。なんでなんだろう？　世界で一番好きな男といっしょにいるというのに、なんでそんなことを思っているんだろう？　中原千絵子は泣き出したいような気分で考える。

めしでも食おうか、と田宮滋は力のない声で言い、六時にもなっていなかったけれど、二人は開いていた居酒屋に入る。地下の店で、照明が薄暗い。テーブルに向き合って座り、メニユウを広げ、威勢のいい店員に何品か注文する。

店員が去ると、田宮滋はさっき買ったばかりのちいさな袋をテーブルにのせる。

プレゼント、と照れくさそうに言って笑う。

ごめん、そんなつもりじゃなかったの。すごい高かったのに。中原千絵子はあわてて言う。

いいよ、なんていうか、記念っていうか、ほんと、似合ってたし。田宮滋はうつむいて言う。

ビールが運ばれてきて、中原千絵子は指輪の包みをさっとテーブルの下に隠す。ビールのジョッキを重ね合わせて、ごくごくと飲む。ちっともおいしくない、と中原千絵子はこっそり思う。自分が飲みたいのは牛乳をたっぷり使ったホットココアなのに、なんでこんなに冷たくて苦いものを飲んでいるのかと。

料理が運ばれてくる。焼き鳥の盛り合わせ。おぼろ豆腐。大根とサーモンのサラダ。料理をテーブルに移す店員の手を見ながら、中原千絵子は自分のプレゼントのことを思い出す。

二十万円近いものをもらってしまったのに、チョコレートも持っていない。二千円にも満たない本一冊しか持っていない。値段がかなしいくらい釣り合わない。そう思ったすぐあとで、しかし思い返しもする。値段の釣り合いを考えるのはなんだかいやしい。プレゼントは気持ちなのだ。それに、この本は――と中原千絵子はバッグを再度強く握りしめる――値段なんかつけられないほどものすごい本なのだ。恥じることなんかまったくない。自分を鼓舞するようにそう思い、またしても、家に帰りたくなる。

六時を過ぎると、店は途端に混みはじめた。入ってくるのはみなカップルばかりである。中原千絵子はバッグに手を差し入れて、渡しそびれているプレゼントのラッピングを撫でる。隣の席で、ビールジョッキをかちんと合わせて乾杯したのち、女の子が四角いプレゼントを男の子に差しだしている。

チョコレートだとすぐわかる。えーまじでー、すげーうれしいー、男の子は大声で叫んでいる。田宮滋をちらりと盗み見ると、無遠慮に隣の席を眺めている。気のせいかもしれないが、どことなくうらやましそうに、中原千絵子には思える。

離れた席で歓声が上がる。ふりむくと、グループ連れが盛り上がっている。男と女が同数いて、どうやら、男がくじを引き、番号のついたチョコレートを引き当てるらしい。司会役の女の子が番号を読み上げるたび、きゃあきゃあとものすごい騒ぎになる。田宮滋は首をひねってそちらもまたじっと見ている。

バッグにしのばせた本を、中原千絵子は取り出せなくなってしまう。

結局、中原千絵子が田宮滋に本を渡したのは、居酒屋のあとでいったラブホテルでだった。ラブホテルにくるのは四回目である。もちろん、そのどれも田宮滋に連れられてきた。ひとつ年下の田宮滋は自宅生だし、中原千絵子の住むアパートは男子禁制なのだ。四回きても、好きになれる場所ではない。不潔で、いかがわしく、自分と田宮滋のあいだにあるものとはかけ離れた場所であるように思えるのだ。こんなところでしか二人きりになることができないのは、ものすごく皮肉なことだと中原千絵子は思う。

そんな場所で、バレンタインのプレゼントを渡すことになってしまったことに、中原千絵子は失望している。しかし渡さないわけにはいかない。性交を終えたあとで、たった今思いついたといわんばかりに、中原千絵子はバッグから包みを取り出す。

これ。おずおずと田宮滋に手渡す。バレンタインだから、プレゼント。

えーバレンタインかあ、そういやそうかあ。さっきチョコレート場面をさんざん見ていたはずなのに、田宮滋は驚いたように言って、開けていい？　と訊く。中原千絵子はうなずいた。

田宮滋の指が、するするとリボンをほどき、包装紙をていねいにはがす。出てきたものを見て、え、何これ、という顔をしたのを中原千絵子は見のがさない。言い訳するように言う。

その本ね、すごくいいの。私の人生を変えた本なの。バレンタインにチョコレートって、なんだかつまんないじゃない。だからそれにしたの。すごくいいの、本当にすばらしい本なの。

言いながら、失敗した、と中原千絵子は思い知る。チョコレートを用意するべきだった。ごくふつうの、みんなと同じことをするべきだった。居酒屋の女の子のように差しだすべきだった。えーまじでー、と田宮滋に言わせるべきだった。

ありがとう、と田宮滋は言う。楽しみに読むよ、と言う。中原千絵子は困ったように笑う。ラブホテルの、チェック地のカバーがかけられたベッドの上で。

中原千絵子は来月結婚することになっている。新居への引っ越しは今週末だ。なのに、夫になる男は引っ越し準備すらちゃんとしていない。それでこのところ、毎晩彼のマンションに寄り、ぐずぐずと動かない彼をせきたてるようにして、段ボール詰め作業をしている。

中原千絵子は今年三十歳になる。二十三歳で大学を卒業し、ちいさな広告代理店に就職した。はじめてつきあった恋人とは、夏を待たずに別れてしまった。働きはじめたら、まだ学生だった恋人と嘘みたいに時間も話も合わなくなってしまったのだった。それからきっかり三回、中原千絵子は恋愛をした。今度結婚することになった藤咲健二が、五人目の恋人ということになる。

はじめてつきあった男の子のことを、中原千絵子はもうほとんど思い出さない。思い出そうとしても、名前が思い出せなかったり、顔がきちんと思い出せなかったりする。同様に、二番目の恋人のことも、三番目の恋人のことも思い出さない。それでいいんだと中原千絵子は思っている。

天袋の中身をとりだしたものの、出てきたアルバムを夢中になって眺めている藤咲健二に、さっさとやらないと終わらないわよと尖った声で言い、中原千絵子は本棚に手を伸ばす。藤咲健二の本棚には、漫画本や画集、雑誌ばかりが入っている。古い雑誌なんか捨てたらどうかと中原千絵子は言ったのだが、絶対に捨てないと彼は言い張り、けっこう深刻な喧嘩になった。結局一冊も捨てないことで話が決まった雑誌類を、中原千絵子はいらいらと段ボールに詰めていく。

アルバムを閉じゆるゆると立ち上がり、天袋の中身を段ボールに詰めはじめる藤咲健二を視界の隅で確認し、中原千絵子は本棚の次の段に手を伸ばす。そうしてその手をふと止める。

あら、これ。一冊の本を抜き取る。ぱらぱらとめくってみる。ところどころに赤鉛筆で線が引いてある。ページをめくるうち、コーラの缶から泡がふきでるみたいに、さまざまな光景が中原千絵子の胸に流れ出す。忘れていたいろんなことが、息苦しいほどいっぺんに押し寄せてくる。

世界一だれかを好きだと思ったこと。その子の姿を見てかっこいいとどぎまぎしたこと。本を選んだこと。選んで後悔したこと。チョコレート売場の混雑。ラブホテルの、どうしても好きになれなかったかびくさいにおい。いっしょにいたいのにいつも帰りたかった、こんがらがった毛玉のようなあの気分。

藤咲健二の本棚にあったのは、二十三歳の中原千絵子がさんざん迷ってバレンタインに手渡した、あの本だった。

これ、どうしたの。藤咲健二に訊く。何気ないふうを装ってみるが中原千絵子の声は震えている。思い出があまりにも色鮮やかに押し寄せすぎて、泣き出しそうだった。

ああ、それね。藤咲健二は散乱した段ボールをまたいで近づき、中原千絵子の手から本を取り上げる。ぱらぱらとめくり、女の子にもらったんだ、高校生のとき、と言う。誕生日かなんかに、突然もらったんだよな。

その子とつきあった？　中原千絵子は訊く。

うん、まあね。でも一年もせずだめになった。立ったままページをめくり、藤咲健二は言う。

なんでだめになったの？

わかんない。することがないからじゃないかな。

することが？

うん。ほら、うち田舎だったし、つきあってもすることないんだよな。町に一軒あるスーパーいったりゲーセンいったりするくらいで、キスしてもそのあとどうしたらいいかわかんないし、それでなんか、うやむやになって。

その本は読んだんだね。

うん、もらったときは読まなくて、別れてから、なんか読んだんだ。未練ってかんじだったのかな。

そう言って藤咲健二は笑う。

どうだった、読んで？　自分の問いが、やけに切実な響きを伴って中原千絵子の耳に届く。

どうって、おもしろかったんじゃないかなあ。線引いてるし。

感謝した？それをくれた女の子に。

うん、そうだね、はじめてつきあった子だったしね。あ、あんた、嫉妬なんかしないでよ。藤咲健二は照れ隠しのように言い、大声で笑う。

じつは私もその本をはじめてつきあった子に贈ったことがある、と言おうとして、けれど中原千絵子はなんにも言わずに彼とともに笑ってみせる。自分も、夫になるこの人も、はじめてだれかを好きになり、いっしょにいたいのにいっしょにいると気まずい思いを味わって、プレゼントひとつ贈るのに考えに考えて、自分以外のだれかのことをそんなに考えるのなんかはじめてで、はじめてのそのことにびっくりしたり疲れたりして、そうして今、ここにいるんだなあと中原千絵子は思った。大人みたいな顔をして。バレンタインに何を贈るかなんて、中原千絵子はここ数年迷ったことがない。恋人を待たせて洋服屋のバーゲンに没頭することだってできる。

私も読んだわ、その本。突っ立ったまま本を読みはじめている彼に中原千絵子は言う。

そうなんだ。上の空で彼は答える。

人生が変わったと思ったわ。それを読んだとき。

おれはそこまで思わなかったけど。

もう一回読んでみたら？　人生が変わるかも。

そう言いながら、中原千絵子はふと思う。けれど本当に人生が変わったとしたら、それはその本を読んだときではなくて、その本をだれかのために選んだときかもしれない、と。

なんか腹へったな。休憩してラーメンでもどう?

本を段ボール箱に戻し、藤咲健二が言う。

休憩休憩って、あなたいったい今日どれだけ働いたのよ……と言うそばから、ラーメンという言葉に釣られたように中原千絵子の腹が鳴る。

おっしゃ、環七のとこの店なら午前二時まで開いてるぜ。藤咲健二はソファに置いたコートに袖を通している。中原千絵子も立ち上がり、散らかった部屋に自分のコートをさがす。

しんと静まり返った夜のなかを歩きながら、今度の月曜日がバレンタインデーであることを中原千絵子は思い出す。デパートのチョコレート売場に、ひさしぶりに身を投じてみるか。そんなことを思いながら、もうすぐ夫になる人の腕に腕を絡ませる。

# あとがきエッセイ　交際履歴

ふつうとはちょっと異なっているように見える恋人どうしがいたとして、周囲は、あの人たちってかわってるよね、とか、本当に好き合っているのかしら、とか、まあ好き放題のことを言って、でも最後には、「ふたりのことだから」と納得することが、よくある。交際しているふたりのことは、ふたりにしかわからない。へんに見えても、そのようにしか、きっとその人たちはできないのである。

けれども、ふつうの恋人、ふつうの夫婦、というものがどういうものかも、私たちは知りようがない。交際というのはじつに個人的なもので、私が主体でいるかぎり、私の交際歴を基準にして考えるよりほかはなく、そうするとどうしたって基準は偏ったものになる。

私は別れた恋人とほとんどの場合友達になる。現恋人にも会わせるし、ふたりきりで酒を飲みにいったりもする。それが私はふつうのことだと思っていた。だって、もう二度と会わない、というほうがなんだか不自然な気がする。まだ未練があって、会ってしまうと気持ちが揺らぐから会わないみたいじゃないか。私は別れた人にはいつだって未練がないし、会ってもどうということはないから、ふつうに友達でいるのである。けれど、友人の幾人かは、私のそういう考えかたをへんだと言っていた。元恋人に会わされる現恋人が、よく平気だね、というのである。しかし現恋人にとっても、元恋人に会わされることがふつうであったなら、なんの問題はない。元恋人と友達になることがおかしいと思う人は、元恋人とは別れたっきり会わないことがふつうなのだ。

　しかしこの場合の「ふつう」は、カップル双方の共通認識でなければならない。元恋人と友達でいることがふつうの私の現恋人も、それがふつうだと思わなければ、なんかいやであろう。元恋人と別れたっきり会わないのがふつうの人の恋人は、自分も同じことを強いられるであろう。

　そうしてふたりのあいだでだけ「ふつう」が形成される。しかしそれは最小公約数のふつうであって、万人には通用しない。

　なんだかながながと、まどろっこしいことを書いてしまったけれど、何が言いたいかといえば、本との関係というのは、それとまったくおんなじだということである。

　スポーツをする。ゲームをする。レストランでおいしいものを食べる。温泉に入る。そういうことと、本を読むということは、あまりかわりがないように私には思われる。スポーツしなくても、ゲームしなくても、おいしいもの食べなくても、温泉に入らなくても、ぜんぜん問題なく生きていけるが、けれどそこに何かべつのことを求めて、それらのことを人はする。そのなかに、本を読むという行為も含まれている。そうして、本を読むのは、そのような行為のなかで、もっとも特殊に個人的であると、私は思っている。そう、だれかと一対一で交際をするほどに。

　私と本のおつきあいはものすごく長い。小学校にあがる前に本との蜜月があった。

その後も本を読み続けているけれど、本当の意味での蜜月というのは、あのころだけだったと思う。

保育園に通っていた私は、ほかの子どもよりずいぶんと未発達で、うまく話せず、うまく遊べず、必然的に、友達がひとりもいなかった。友達のいない子どもにとって、休み時間はたいへんに苦痛だった。

休み時間や、母親のお迎えを待つあいだ、苦痛から逃れるために本ばかり読んでいた。だいたいが絵本。字だってろくに書けなかったから、文字より絵の多い本を開いていた。

そうして実際、本は苦痛をすっぱりと取り去ってくれた。本は、開きさえすれば、即座に読み手の手を取って別世界へと連れていってくれる。たったひとりの時間、保育園にいながらにして、別世界へと連れていってもらうのは、本当にありがたいことだった。友達がいないとか、みんなのできることがなぜかできないとか、その別世界では忘れ去ることができる、いや、その世界ではそんなことはそもそもまったく関係がないのである。

読むだけではもの足りず、モノクロの絵本にはクレヨンで色をつけ、カラーの本には自分の分身を描きこんだり、動物を描きこんだりした。そうすることで、本のなかの世界はどんどん近づいてきて、しまいには、本に書かれた世界が、そっくりそのまま自分のものになってしまう。私のためだけに書かれた本、私のためだけに存在する世界。

小学校にあがって、少しは発達もしたのか、ほかの子どものできることが、私にもようやくできるようになった。友達もできた。休み時間は、本を読むより、友達と土埃だらけになってグラウンドを走りまわっているほうが、ずっと楽しくなった。けれど私は本を手放すことができなかった。学校から帰ると、即座に本を開くような毎日だった。

本の一番のおもしろさというのは、その作品世界に入る、それに尽きると私は思っている。一回本の世界にひっぱりこまれる興奮を感じてしまった人間は、一生本を読み続けると思う。そうして私は、そのもっとも原始的な喜びを、保育園ですでに獲得していた。

服を買いに出かけたデパートで、服はいらないから本を買ってほしいと母にせがんだことを覚えている。本さえ与えておけばおとなしいから、本であれば親はなんでも買ってくれた。本当に、本にかぎっては、これ以上ないほど贅沢な思いをして私は育った。外国の物語、日本の物語、昔の物語、幽霊や妖怪が出てくる物語、実在した偉い人の物語、読むものがなければ、小鳥の飼いかた、蜘蛛の生態に至るまで、かたっぱしから手にとってページを開いた。

私の住む家のそばには、ちいさな本屋が一軒あるきりだった。乱暴な言い方をしてしまえば、田舎によくある、本を売っていない本屋である。売っているのは漫画と週刊誌、女性誌に漫画雑誌、それから文房具、レジにはにおいつき消しゴムの箱があり、その隣にはリリアンがあるような。

バスに乗って都心にいけば、本を売る本屋がある。ものすごく巨大な本屋。服はいらない、本を買って、とせがむとき、母に連れられていくのはこの書店だった。それは横浜駅へと続く地下街、ジョイナスの有隣堂である。有隣堂は、幼い私を遊園地のように魅了していた。子ども服売場なんかより、ずっと興奮的な場所だった。

本がある、という理由で、学校で一番好きな場所も図書室だった。今でもよく覚えている、黄色い絨毯、読み尽くせないだろう数の本、ガラス窓とそこから入りこむ陽射し、図書係の先生の声や笑い顔なんかも。

小学校二年生のとき、はじめてつまらないと思う本に出合った。そのとき私は入院していた。その本は、入院していた私におばが持ってきてくれたものだった。本ならばなんだってうれしかったから、もらってすぐに読んだのだが、なんだかさっぱりわからない。私にとって、つまらない、は、イコール理解できない、だった。

サン＝テグジュペリの『星の王子さま』である。大判の、カラーの本だった。

最後まで読み、つまらないと結論を出した私はその本を放って、ほかの本を読み続けた。ひとりで入院しているのは、さみしく、退屈なことだったが、それでもずっと本を読んでいられることだけはたのしかった。理解できずつまらない『星の王子さま』は、それきりどこかへやってしまった。退院するころには、そんな本のことなど、すっぱりと忘れていた。

とはいえ、一冊くらいつまらない本に出合ったからといって、本と離れるはずがない。その後も私は図書室に通い詰め、ジョイナスの有隣堂に興奮した。

中学、高校になっても本は読んだ。読むには読んだが、保育園や小学校の蜜月とは少しちがうつきあいかただだった。

今思うと、そのころは、本の世界よりも、現実のほうがせわしなかったんだと思う。私はとてもちいさな世界で生きていたけれど、それでも、年齢や自分自身や毎日や友人や、日々起きる些事と折り合いをつけていくのに必死だった。手っ取り早く言えば、本より新しい服がほしかったし、有隣堂よりわくわくする場所が、いたるところに出現した。

それでも一番好きな授業は国語だった。ほとんどの授業が理解できないなかで、教科書に載っている小説に目を落とせば、机の前にいながらにして、やっぱり別世界へトリップすることができる。今でもいくつかの小説と、文字を追いながら私の垣間見た別世界の感触を、生々しく覚えている。『こころ』の暗い和室や砂利道、『羅生門』の廃墟と闇、『城の崎にて』の陽射しと虫の死骸。漢文の授業でさえ好きだった。すらすらとは読めない漢字の羅列を見つめていると、時間も空間も超えた異世界が、いきなり目の前にあらわれて私をぱくりと飲みこんでくれるから。

そうして高校二年生のとき、仲良しだった友達が、一冊の本をくれた。ちいさなサイズの、絵の入った本だった。

私はそれを一気に読み、すごい、と思った。別世界へ連れ出してくれるばかりでなく、じつにいろいろ考えさせてくれる本だった。なんてすごい本なんだろう、でもどこかで読んだ気がする。どこで読んだのか、なかなか思い出せなかったが、あるときふと思い出して、はっとした。

それは、小学校二年生の私が、病院のベッドでおもしろくないと投げ出した、『星の王子さま』だったのである。

カラー版の『星の王子さま』を持ってきてくれたおばは、私が中学校一年生のときに亡くなっていた。彼女が持ってきてくれたその本も、もはや手元にはない。けれど、その本に書かれていることを理解したとき、その物語を、物語の世界を、言葉のひとつひとつを、もう一度おばから受け取ったように思えた。八年という時間を飛び越えて、再度手渡された贈りものに、私には感じられたのである。

以来、私はおもしろいと思えない本を読んでも、「つまらない」と決めつけないようになった。これはやっぱり人とおんなじだ。百人いれば、百個の個性があり、百通りの顔がある。つまらない人なんかいない。残念ながら相性の合わない人はいるし、外見の好みもあるが、それは相手が解決すべき問題ではなくて、こちら側の抱えるべき問題だ。つまらない本は中身がつまらないのではなくて、相性が悪いか、こちらの狭小な好みに外れるか、どちらかなだけだ。そうして時間がたってみれば、合わないと思っていた相手と、ひょんなことからものすごく近しくなる場合もあるし、こちらの好みががらりと変わることもある。つまらない、と片づけてしまうのは、（書いた人間にではなく）書かれ、すでに存在している本に対して、失礼である。

さて、少々本と距離を置いたつきあいかたをした私は、大学生になって、たいへんなカルチャーショックを味わう羽目になる。私が進学したのは文学部の、文芸専修という学科だった。語学のクラスメイトも専修のクラスメイトも、私の五十倍本を読んでいるような人たちばかりだった。

彼らがふつうに語っている作家の名前がわからない。彼らの口にのぼるタイトルを聞いたこともない。本が好きだ、小説家になりたい、そう思ってその大学のその学科に進学したのに、私の読んできた本なんか、勘定にまったく入らないではないか。なんたること。

ショックを受けた私は、本の話をする人とは友達にならないように心がけた。だって傷つくだけだもの。馬鹿話か恋愛話を好んでしてくれる人とばかり、つるんで遊んでいた。そうして、耳に入ってきた見知らぬ作家、見知らぬタイトルの本を、こっそりと読み耽った。

ジョイナスの有隣堂が世界書店だった私だが、行動範囲が広がったことによって、世界はぐんと広がった。新宿の紀伊國屋なんて冗談みたいだった。池袋のパルコブックセンター（現リブロ）は、ここに住みたいと切望したほどだ。学校内にもかなり大きな本屋が二つあった。学校の最寄り駅にも、入ったが最後出たくなくなるような本屋があった。

無知でよかったことがあるとするなら、この時期、心から好きだと思える本と出合えたことだと思う。クラスメイトたちがしたり顔で話す作家の小説を、私はおもしろいと思えなかった。だから、彼らの口にのぼらないような作家ばかりを、片っ端から読んでみた。私の通う大学は、古本街と隣接していたので、紀伊國屋やパルコブックセンター以外に、古本屋にも足繁く通った。店頭に出されたワゴンの、名も知らなかった作家の安価な本を買って読む。数人の作家の小説が載ったアンソロジー本はたいへんにお得に思えた。五人の作家の小説を読んで、好きだと思える作家にひとりでも出会えると、すごくラッキーだった。その作家の名前を覚えて、大型書店へいけば、著作が何冊も見つかる。

カルチャーショックを受けた大学を卒業して、その一年後、私は物書きになった。同業者も編集者もみんな年上で、彼らの話す作家もタイトルも、ふたたび私にはちんぷんかんぷんだったのである。クラスメイトが五十倍だったら、彼らは五百倍、本を読んでいた。だれそれの作品は読んだ？　と訊かれれば、正直に、「それはだれでしょう」と訊き返すしかなく、すると編集者はぽかんとした顔で私を見るのだった。

また同じことのくりかえしである。見聞きした名前を覚え、こっそり入手して読む。知ってよかった、と飛び上がりたくなるような作家に出会えることもあれば、私の頭が幼稚すぎて理解できなかった作品もあった。

気がつけばそのカルチャーショックも、十五年も前のことになっている。

今では私は、話に追いつくために、純粋な知識のために本を読むようなことはしない。十五年かけてわかったのだ。世のなかには私の五百倍、千倍の本を読んでいる人がいて、そういう人に追いつこうとしても無駄である、そんな追いかけっこをするくらいなら、知識なんかなくたっていい、私を呼ぶ本を一冊ずつ読んでいったほうがいい。

そう、本は人を呼ぶのだ。

本屋の通路を歩くと、私だけに呼びかけるささやかな声をいくつか聞くことができる。私はそれに忠実に本を抜き取る。そうして出会った作家が幾人もいる。恋人はひとりであることがのぞましいけれど、本の場合は、三人、四人、いや十人と、相性の合う「すごく好き」な相手を見つけても、なんの問題もない。そんな相手は増えれば増えるほど、こちらはより幸福になる。

本を置いている場所は、図書館であれ古本屋であれ大型書店であれ、子どものころの有隣堂とまったく等しく私をわくわくさせる。そうして私にとって、四歳で手にした絵本も、昨日開いたパトリシア・ハイスミスも、今再読している林芙美子も、まったくおんなじだ。文字を目で追うだけで、それは私の手首をつかまえて、見知らぬところへ連れていってくれる。そのすみずみを見せてくれる。

あんまりおもしろい本に出合ってしまうと、読みながら私はよく考える。もしこの本が世界に存在しなかったら、いったいどうしていただろう。世界はなんにも変わっちゃいないだろうが、けれど、この本がなかったら、その本に出合えなかったら、確実に、私の見る世界には一色足りないまんまだろう。だからこの本があってよかった。助かった。友達のいない、みんなのできることのできない、未発達のちいさな子どものように、そう思うのだ。

本というものをテーマに、短い小説を書いた。

恋愛というものがそうであるように、ひどく偏った短編ばかりだと我ながら思う。本とのつきあいかたは、きっともっといろいろある。書き終わってからそう気づき、私はだれかの話を聞いてみたくなった。その人と本との個人的なおつきあいについて。どのようにして出合い、どのようにして蜜月を過ごし、どのように風変わりな関係であったかを。いつか機会があったら、あなたの話を聞かせてください。本とあなたの、個人的な交際の話を。

装丁　帆足英里子
　　　笹倉恵介
写真　中島小英
プロデューサー　栗本知樹

初出

旅する本　角田光代書下ろし新作朗読会 本読み日和（2003年10月）
だれか　角田光代書下ろし新作朗読会 本読み日和（2003年10月）
手紙　角田光代書下ろし新作朗読会 本読み日和（2003年10月）
彼と私の本棚　WEBダ・ヴィンチ（2004年8月）
不幸の種　WEBダ・ヴィンチ（2004年9月）
引き出しの奥　WEBダ・ヴィンチ（2004年10月）
ミツザワ書店　WEBダ・ヴィンチ（2004年11月）
さがしもの　WEBダ・ヴィンチ（2004年12月）
初バレンタイン　WEBダ・ヴィンチ（2005年2月）
あとがきエッセイ 交際履歴　書下ろし

詩の引用元……『東京日記—リチャード・ブローティガン詩集』
リチャード・ブローティガン／著　福間健二／訳　思潮社

この本が、世界に存在することに

2005年5月21日　初版第1刷発行

著　者　角田光代

発行人　横里隆

発　行　株式会社メディアファクトリー
〒104-0061　東京都中央区銀座8-4-17
TEL.0570-002-001（代表）03-5469-4830（ダ・ヴィンチ編集部）

印刷・製本所　図書印刷株式会社


ISBN4-8401-1259-2 C0093